Dunkerque

Un romanzo sulla
Seconda Guerra Mondiale

Richard G. Hole

Dunkerque
Un romanzo sulla Seconda Guerra Mondiale

Richard G. Hole

Seconda Guerra Mondiale

SINOSSI

Appoggiato un po' sul retro della trincea, osservò il denso fumo che si allontanava dalla città di Dunkerque.

Era chiaro che lì c'erano combattimenti spietati e che gli uomini in città dovevano passare un brutto momento.

Fissando il sergente con grandi occhi azzurri, il più giovane del plotone gli si avvicinò.

C'era un tono supplichevole nella sua voce quando disse:

«Avremo tempo, sergente?

Il sergente non si voltò, ma chiese:

"Tempo per cosa?

"Per arrivarci...

Dunkerque è una storia appartenente alla raccolta della Seconda Guerra Mondiale, una serie di romanzi di guerra sviluppati durante la Seconda Guerra Mondiale.

DUNKERQUE

CAPITOLO I

Seguito dai suoi uomini, Adams saltò nella trincea dove si era appena verificata un'esplosione. Aveva visto perfettamente il salto che fece il soldato francese prima di cadere, quando il mortaio esplose non lontano dal disgraziato. Ora, mentre i suoi ragazzi occupavano la piccola trincea, Adams si voltò verso il corpo e vide l'enorme scheggia tagliata che aveva fatto nel collo del soldato.

Ed Cooper sospirò accanto a lui.

"L'hanno massacrato come un maiale..." disse.

Adams annuì. Continuava a guardare il corpo dell'uomo e, soprattutto, il sangue che gli sgorgava dal collo. Pensò solo per un momento ad aiutare il francese; ma quasi subito doveva aver rabbrividito dalla testa ai piedi e il colore della sua pelle era cambiato, diventando bianco come la carta.

Poi si è congelato.

Sam, Horace, Peter e Justin erano all'altra estremità della trincea, dove i primi due stavano preparando la mitragliatrice. Ed era ancora al fianco del sergente, fissando stupidamente il cadavere del francese. In lontananza, a sinistra, si sentiva chiaramente il cannoneggiamento dei carri armati tedeschi e la risposta che stavano dando gli anticarro francesi.

“Lo buttiamo fuori? chiese Ed Cooper.

"Non farlo. Lascialo lì" rispose il sergente. "Non credo che dovremo passare troppo tempo in questo buco. Non ci darà più fastidio...

Una mitragliatrice ha cominciato a sparare violentemente davanti a loro. I proiettili fischiarono sopra le teste degli inglesi e si attaccarono al fondo della trincea, lasciando passare i proiettili come se nulla fosse. Adams Shaw si sedette con calma e accese una sigaretta. Una squadra di Stuka passò, come un tuono straziante, in alto.

Il morto mise una nota violenta nella trincea. L'emorragia si era fermata e la ferita stava diventando nera. Alcune mosche, dapprima esitanti, si posarono francamente sulla parete e avanzarono, a piccoli balzi, verso il varco che era stato creato dal frammento.

"Dannate mosche! Ed ringhiò. Sono loro che se ne approfittano...

Un sorriso beffardo apparve sulle labbra di Adams Shaw.

"Non l'hanno fatto" rispose, guardando il soldato. Sono i vermi che ne trarranno vantaggio in seguito. Ma cosa può importare ancora?

Appoggiato un po' sul retro della trincea, osservò il denso fumo che si allontanava dalla città di Dunkerque. Era chiaro che lì si stavano combattendo spietati combattimenti e che gli uomini in città dovevano passare un brutto momento.

Fissando il sergente con grandi occhi azzurri, Justin Selby, il più giovane del plotone, gli si avvicinò. C'era un tono supplichevole nella sua voce quando disse:

«Avremo tempo, sergente?

Adam non si voltò, ma chiese:

"Tempo per cosa?

"Per arrivarci.

"Non stai bene qui, piccola?

"Non è quello, signore", rispose Selby. Le barche ci sono, e quindi l'unico modo per tornare a casa.

Allora il sergente si voltò verso di lui, fissandolo.

"Perché non ci hai ripensato, Justin? Ti sei fatto trasportare dall'entusiasmo, vero? Sembra che io ti stia vedendo, con la divisa nuova di zecca, salutare i ragazzi del quartiere e guardarli, su e giù, con disprezzo. Devi essere rimasto a casa, ragazzo. C'era ancora molto tempo da fare prima che tu fossi chiamato. Ma volevi fare di te stesso l'eroe...

Si rese conto che il viso di Justin era cinereo. Non c'era segno più evidente di paura e il sergente lo riconobbe subito, come se il ragazzo se lo fosse dipinto in faccia.

"Abbi un po' di pazienza" disse dopo una pausa. Riusciremo a uscire di qui.

"Grazie mio Signore.

"Vai a casa tua ora, ragazzo.

"Sì.

Si erano allontanati dal centro della linea di attacco tedesca. L'intera compagnia si era assunta il compito di presidiare il fianco destro per impedire ai tedeschi di portare a termine una delle loro famose "borse", impedendo così a molti inglesi e francesi di raggiungere la banchina di Dunkerque. Era naturale che qualcuno ballasse con il più brutto, pensò il sergente. Dopotutto, finché erano vivi, potevano dirlo.

Ed Cooper, che era davanti alla trincea, si voltò in quel momento.

"I carri armati! Ha avvertito.

Distogliendo lo sguardo da Dunkerque, Adams Shaw andò dai suoi uomini e guardò nella direzione che stava indicando Cooper. Quattro macchie marroni avanzarono sulla terra.

Poi guardò la trincea, soddisfatto che fosse stretta e profonda, come un fossato. Era l'unica difesa che potevano permettersi contro l'armatura nazista. Alzando la voce, per controllare il rombo dei primi colpi di cannone che i carri armati stavano già sparando, gridò:

"Sapete cosa dobbiamo fare, ragazzi! Devi lasciarli passare. I cannoni anticarro sono dietro. Quello che dobbiamo impedire è che la fanteria passi dietro quei vasi.

Perché aveva ripetuto, ancora una volta, quelle istruzioni che i suoi uomini conoscevano a memoria? Che cosa avevano fatto, per più di quattordici ore, a parte sparare alla fanteria tedesca aggrappata ai carri, cercando di penetrare nei quartieri estremi di Dunkerque?

sorrise.

Era stufo di tutto questo. Ed era estremamente doloroso tornare indietro senza riposo, dimostrando a se stessi l'incapacità dell'Esercito di cui faceva parte. Era arrivato in Francia con la quasi totale certezza che i tedeschi avrebbero incontrato, per la prima volta in quella guerra, l'esatta misura della sua scarpa. Ha anche permesso alcuni scherzi, in Inghilterra, quando gli eventi in Polonia.

"Lo stesso non accadrà a noi", aveva detto. Quei polacchi sono coraggiosi, nessuno ne dubita, ma non sanno fare la guerra. Vedrai quando i nazisti ci attaccheranno...»

Ma era stato mille volte peggio.

Adams era nell'esercito da dieci anni ed era estremamente facile per lui leggere il suo vero stato d'animo sui volti dei suoi superiori. Così, quando i tedeschi iniziarono ad avanzare, si rese conto che sarebbe stato anche molto peggio di quello che era successo in Polonia. E quando riuscì a rendersi conto che la paura attanagliava tutti, che la superiorità tedesca prevaleva ovunque, che la disorganizzazione cominciava a emergere nelle unità inglesi e francesi, provò un tremendo disgusto.

Ma ora non aveva tempo per provare lo stesso.

I carri armati si stavano avvicinando a tutta velocità e i suoi uomini si accucciarono, cercando tuttavia di vedere se la fanteria tedesca si muovesse a fianco dell'armatura. Con la mitragliatrice che il plotone possedeva, non avevano illusioni di fermare quei mostri d'acciaio che sputavano fuoco da tutti i loro cannoni e mitragliatrici. Né era possibile fermarli con le bombe, come avevano provato alcuni ragazzi, in Belgio, schiacciati sotto le catene. Non avevano molta esperienza e nessuno di loro era preparato a combattere l'armatura faccia a faccia. La terra cominciò a tremare alla vicinanza dei pesanti mostri d'acciaio.

Ma non appena i carri armati li superarono, gli inglesi si sporsero nuovamente e piazzarono la mitragliatrice in posizione, sparando ai fanti tedeschi che, protetti dalle loro corazze, tentavano di avanzare da quel lato. Le armi schioccavano senza sosta e Adams osservava con soddisfazione i tedeschi che si gettavano a terra, alcuni dei quali cadevano per tenere il passo.

Quasi nello stesso momento, i cannoni anticarro che si trovavano a cento metri dalla trincea iniziarono a sparare rapidamente contro l'armatura tedesca. Alcuni dei proiettili sono atterrati vicino alla trincea e hanno prodotto un boom secco e orribile che ha lasciato un intenso dolore alle orecchie.

Dopo aver dato un'occhiata al punto in cui i tedeschi erano caduti a terra e aver notato che non si stavano rialzando, a causa del fuoco intenso della mitragliatrice, Adam Shaw si voltò e guardò verso i carri armati tedeschi, notando con soddisfazione che due di loro stavano stavano già bruciando e che un altro era appena esploso, colpito direttamente da un proiettile dei cannoni britannici.

Osservò anche che gli occupanti di uno dei carri armati saltavano a terra e cadevano all'indietro, correndo verso la trincea, cercando l'appoggio della fanteria tedesca. Poi alzò la mitragliatrice al viso e aspettò pazientemente che i tedeschi si avvicinassero. Poi premette il grilletto e provò una tremenda soddisfazione per il balzo degli occupanti del carro armato e le piroette che stavano facendo prima di fermarsi a terra.

Come poteva provare una tale soddisfazione nell'uccidere?

Si era abituato a farlo troppo in fretta. Ma forse quella rabbia che lo aveva preso era nata quando aveva visto i primi cadaveri dei suoi compagni inglesi e dei suoi amici, i francesi.

Fu una reazione violenta alla morte, come se fin dall'inizio si fosse tenuto un po' in disparte e poi improvvisamente fosse entrato nel gioco di quella curiosa signora che era, in fondo, la padrona assoluta del campo di battaglia.

Qualcuno è venuto da sinistra e Adams stava per spargarli. Fu in una frazione di secondo che si accorse dell'uniforme e dell'elmetto, riconoscendo quasi subito il tenente Barney che, pochi istanti dopo, si lasciò cadere nella trincea.

Per poco non inciampò nel corpo del francese e lo guardò, poi fissò gli occhi sul viso del sergente.

"Chi è?" chiedo.

Shaw scrollò le spalle.

«Non lo so, signore. È quasi morto quando siamo arrivati qui.

"Va tutto bene nel tuo plotone?

"Sì signore. Vede...

"Sì. Il capitano è stato appena ucciso, sergente. Ho rilevato la compagnia. Porto ordini dal battaglione.

«Il comandante non ha raggiunto Dunkerque?

"Sì, è arrivato lì. E ha parlato via radio con me. Due delle compagnie stanno già imbarcando. Ma dobbiamo resistere ancora un po'.

"Capisco.

"Aspetteremo che venga la notte", continuò l'ufficiale. Allora ci ritireremo. Il suo plotone è il più avanzato. Ci sono molti tedeschi davanti a te?

«Alcuni, tenente. Ma si vede che sono rimasti fermi. Non sanno fare nulla se non sono accompagnati da una buona manciata di carri armati.

L'ufficiale sorrise.

"Le cose non stanno andando molto bene a Dunkerque", ha continuato. Molti muoiono prima di raggiungere le navi e le lance balzano in aria, dilaniate dalle bombe degli Stuka. Non so se possiamo arrivarci, sergente...

"Faremo del nostro meglio, signore.

Peter urlò in quel momento.

"Vengono di nuovo!

L'ufficiale e il sergente si precipitarono a lato della trincea e osservarono i gruppi tedeschi che si alzavano, avanzando decisi verso di loro. Di nuovo il mitra abbaiò e ancora una volta i tedeschi dovettero restare a terra. Ma non c'era dubbio che questa situazione non poteva durare troppo a lungo.

Il tenente Barney sospirò.

Poi, lui ha detto:

«Cerca di resistere il più a lungo possibile, Shaw. È necessario che i tedeschi non penetrino da questa parte. Sarebbe catastrofico per coloro che tentano di imbarcarsi. D'altronde "ha spiegato" i francesi resistono abbastanza bene e hanno permesso l'imbarco a due reggimenti, quasi interi. Dobbiamo fare la nostra parte.

"Ovviamente.

Il tenente guardò ancora una volta i tedeschi, calcolando rapidamente il loro numero e concludendo che la mitragliatrice del plotone di Shaw poteva fermarli, ancora per qualche tempo. Poi, posando la mano sulla manica della giacca strappata del sergente, disse:

«Torno in azienda, sergente. E ricorda che al tramonto devi lasciare la trincea.

"Si signore!

Il fuoco tedesco si era un po' calmato e il tenente Barney, approfittando del momento, balzò velocemente dalla trincea.

Non avrebbe mai dovuto.

Aveva appena portato le ginocchia al bordo posteriore del parapetto quando si girò e cadde a faccia in giù, tremando dalla testa ai piedi. Il sergente gli corse incontro e anche Justin Selby. Entrambi tirarono i piedi del tenente e poi lo catturarono, adagiandolo con cura in fondo alla trincea.

Il giovane Justin sentì un brivido lungo la schiena.

Per quanto improbabile, Barney aveva ricevuto due proiettili: uno nella spalla sinistra, che lo aveva fatto girare velocemente, e un altro, quello più brutto, proprio in bocca. Il sangue sgorgava copiosamente dalla seconda delle ferite, e gli occhi dell'ufficiale erano spalancati con un'espressione di indicibile orrore. Guardò il sergente e poi la sua mano, che gli era passata sul viso e si era ritirata inzuppata di sangue, si spostò sul taschino destro del guerriero, cercando di slacciarla.

Adams si precipitò ad aiutarlo.

Tirò fuori la valigetta e bastò guardare negli occhi il tenente per capire cosa volesse. Il povero ufficiale doveva aver patito orribilmente, ed ora un'abbondante schiuma si mescolava al sangue che proveniva dal punto in cui la sua bocca era stata quasi completamente strappata dal proiettile.

Le difficoltà respiratorie apparvero quasi immediatamente e la morte si precipitò in avanti, a passi da gigante mentre il corpo dell'ufficiale soffriva di continue convulsioni e finiva per irrigidirsi, irrigidirsi come un bastone, serrando i pugni fino a fargli diventare completamente bianche le nocche.

Justin si coprì gli occhi con orrore.

"Mio Dio! Esclamò.

Mordendosi il labbro, Adams aprì leggermente il portafoglio e guardò le fotografie che già conosceva. La moglie ei due figli di Barney: Due bei ragazzini, gemelli, di circa otto anni, che ridono sulla porta di casa, accanto alla loro madre, una donna molto carina con lunghi capelli dorati.

Infilandosi in tasca la documentazione del tenente, Adams si voltò a guardare i tedeschi che stavano ancora ricevendo i proiettili del mitra. Osservò poi che i tedeschi cominciarono a ritirarsi, a gruppi. Non voleva dire ad alta voce le enormità a cui stava pensando e sparò a raffica con il suo mitra, desiderando che i proiettili strappassero i pezzi di carne dell'avversario in modo che pagasse, con il prezzo più alto, ciò che aveva appena fatto in la persona del tenente Barney.

Accanto a lui, con voce piagnucolosa, Justin Selby disse:

"Dobbiamo andare, signore... Non avremo tempo per farlo più tardi.

Si voltò verso di lui, fissandolo con la fierezza del suo sguardo.

"Zitto, idiota! Ruggì. Tu pensi solo alla tua misera pelle...

Il soldato se ne andò, spaventato.

Lanciando un'occhiata al tenente, Adams Shaw rilasciò una serie di imprecazioni per finire dicendo a se stesso che era molto probabile che fossero finiti tutti allo stesso modo o in modo simile.

Il boato del combattimento non cessò per tutto il pomeriggio.

Ma i tedeschi non si fecero più vedere davanti alla trincea occupata dal plotone di Shaw e Shaw, come i suoi uomini, rimase attento durante quelle ore infinite, osservando da lontano, con curiosità non senza angoscia, gli ininterrotti attacchi dell'aviazione tedesca che non cessavano di sorvolare, non un solo istante, la densa nuvola che segnava il luogo in cui si trovava Dunkerque.

Adams capiva perfettamente l'umore dei suoi uomini.

Attendevano con ansia la notte per lasciare quel luogo e dirigersi, qualunque cosa fosse, al porto dove li attendeva l'unica salvezza possibile. Ma la cosa divertente è che non ha vissuto lo stesso, tutt'altro. Vorrei sinceramente che le cose si fossero completamente capovolte e che gli eserciti alleati si trovassero con abbastanza potere da mostrare all'avversario che non sarebbero fuggiti come conigli, ma che avrebbero attaccato ancora una volta, allargando la testa di ponte in cui ora si stavano muovendo intorno e riprendendo i nazisti, insegnando loro una lezione che non avrebbero mai potuto dimenticare.

Ti sei illuso, Adams, si disse, con infinita amarezza. Il tuo dovere è portare questi uomini al porto e riportarli in Inghilterra. Smettila con le sciocchezze. Non possono provare la tua stessa esperienza. Come vuoi che conoscano la tua amarezza? Sarebbe stato molto meglio se questo francese o il tenente Barney fossero ancora vivi e che quei proiettili che hanno messo fine al loro calcio fossero conficcati nel tuo corpo. Ma è possibile che tu desideri la morte in questo modo? Se lo merita quella cagna ...? »

Com'era facile lasciarsi trasportare dai ricordi in quei momenti!

Anche se nessuno era da biasimare se era stato un perfetto idiota. E non che non se ne fossero accorti. Tutti, la sua famiglia, i suoi amici... Glielo avevano detto mille volte, con attenzione, sapendo che non avrebbe acconsentito, in alcun modo, che qualcuno si concedesse il lusso di parlare male di quella donna con cui stava follemente innamorato.

Com'era stato cieco!

Non c'era verità più grande nella vita di quella che diceva che l'uomo ingannato è l'ultimo a realizzare l'inganno di cui è oggetto. Ma la verità, molto più vera di tutto, era tutta l'emozione che provava quando le era vicino, quando poteva guardarla negli occhi, quando le sue mani erano intrecciate alle sue, quando sentiva il contatto della carne morbosa di Deborah, quando il sapore dolce e caldo delle sue labbra è rimasto sulla sua bocca...

Ricordare...

Era come se a un malato venissero tolte le bende che coprivano le loro ferite, come se le strisce di scotch venissero strappate all'improvviso e si strappassero pezzi di pelle, senza scrupoli e senza pietà. Ma questo, stranamente, gli piaceva. A poco a poco si era abituato a farsi male, a stuzzicarsi quell'ulcera, con vera passione.

Era come se volesse pagare, all'infinito, il prezzo di un tradimento che era stato l'ultimo a conoscere. E ora, quando i volti dei suoi amici intimi sfilavano davanti a lui, con quel sorriso ironico che più tardi hanno osato mettere sulle loro labbra, quando ha saputo la verità, ha sentito il suo corpo irrigidirsi, i suoi muscoli annodarsi sotto la pelle e uno stridore di nella sua bocca si producevano denti che si riempivano di un sapore amaro, come di bile...

E la cosa peggiore è che non aveva ascoltato i consigli, che si era tappato le orecchie e chiuso gli occhi alle parole e alle immagini che tanti cercavano di risvegliare nel suo cervello assopito, dominato dalla passione. E quando ha avuto il coraggio di portarla nell'ufficio del sindaco, quando ha fatto il terribile errore di darle il suo nome, si è sentito, proprio lo sciocco, così completamente felice e beato che ora si agitava di rabbia, come se quei momenti era stata la cosa peggiore della sua vita. vita.

Perché non l'aveva uccisa? Perché ha lasciato impunito il terribile affronto?

Le sembrava una bugia che avrebbe potuto comportarsi in quel modo stupido e che invece di rimproverarlo per tutto quello che le aveva fatto, prima e dopo il matrimonio, l'avesse brutalmente abbandonata, ma senza dire una parola, lasciandola al casa che gli era costata tanta fatica. cavalcare e, quel che era peggio, darle la possibilità, ora più ovvia che mai, di diventare vedova di guerra, con una bella pensione che si poteva spendere per tutti gli oli, di cui non aveva proprio bisogno, ma che aumentava all'indescrivibile la selvaggia bellezza del suo volto.

Come aveva lottato con l'amarezza e come aveva nascosto a tutti l'orribile problema dentro di lei!

Perché nessuno conosceva una sola parola. Almeno nell'unità dove ha combattuto. Anche l'uomo molto stupido continuava a scrivere lettere, la cui risposta non arrivava mai. Lettere che mostravano agli altri che era un uomo felice, che non era stato il povero giullare, nelle mani di quella donna, che aveva riconosciuto in lui, dal primo momento in cui si erano incontrati, lo strumento facile, docile e semplice della sua intollerabile civetteria.

Si sarebbe strappato volentieri la pelle dalle mani ricordando le carezze che dava a una carne spuria, sulla quale altre mani, innumerevoli mani, erano passate davanti a lui. Si sarebbe tagliato le labbra con un coltello, senza pietà per il suo stesso dolore, pensando ai baci che metteva sulla bocca che altre labbra avevano baciato tante volte e che erano capaci di simulare una passione e un'innocenza molto peggiori dell'inganno che commetteva.

Si chiedeva se fosse possibile che tutto ciò producesse in lui una sorta di abbandono quasi totale alla propria incolumità. Lo faceva arrabbiare immaginare che il coraggio che aveva mostrato dall'inizio della guerra fosse figlia della sua stessa disperazione. Perché aveva cercato, in mille modi diversi, di strappargli quella parte del suo passato, di strapparsela dal cuore e dal cervello, senza riuscirci.

Il disprezzo di sé che provava non gli serviva, l'urgenza di farla finita una volta per tutte e di dimenticare, nel senso più ampio del termine, quando la morte gli veniva incontro. Erano stati sforzi inutili, sprecati. Ed ora, ricordando ancora una volta la sua disgrazia, si compiaceva ancora una volta di ferirsi il più possibile, strappandosi dentro con gusto, torturandosi in modo tale da rabbrividire, dalla testa ai piedi, come se stesse già morendo di le convulsioni che aveva visto. , poco prima, nel corpo del tenente, fremente di agonia prima di morire.

Si frugò in tasca dove aveva messo le carte di Barney e la fotografia che conosceva così bene. Tuttavia, non osò tirare fuori il portafoglio. Ma pensava che la morte di un uomo poco importa quando lascia qualcosa di positivo e ben costruito nella vita. Era facile immaginare che gli ultimi pensieri dell'ufficiale fossero volati sulle terre e sulle acque, per essere proiettati, con una forza piena di affetto, su quelle persone che riproducevano la fotografia scattata alla porta della piccola casa, in un quartiere popolare di Londra . . Sì, non c'era dubbio che esiste una sorta di giustificazione, anche di fronte alla morte, quando lasci dietro di te una traccia profonda e sincera di qualcosa di così positivo come le persone che ti piangeranno, che ti ricorderanno con affetto...

Ma era come un cane abbandonato. Un essere spregevole, di cui tutti ridevano, una specie di caricatura comica che aveva disegnato, con i suoi gesti osceni, la mano sporca di una donna che ha baciato appassionatamente tante volte...

CAPITOLO II

Justin Selby si avvicinò a lui.

"È già notte, signore..." disse a bassa voce. Adams Shaw annuì.

"Sì, ragazzo. Hai ragione. Dovremo cominciare a partire da qui.

Era quasi del tutto buio, perché gli incendi della città e le esplosioni delle bombe, che continuavano a esplodere dietro di loro, gettavano una luce rossastra all'orizzonte, come se sulla terra e nel cielo fosse scritto un tramonto di morte.

Il sergente si avvicinò ai suoi uomini.

"Prepariamoci, ragazzi" disse. Usciremo con molta attenzione. Non ho la minima idea del percorso da seguire. Ma i fuochi ci guideranno. Speriamo di avere un po' di fortuna e di arrivare al porto prima che l'ultima nave parta.

Diede istruzioni specifiche al plotone di aprirsi e mettere Selby e Fells nelle retrovie, lasciando che Sam, Horace e Ed andassero nel mezzo e prendendo se stesso, la mitragliatrice stretta tra le mani, in testa.

Hanno lasciato la trincea.

Non pensavano nemmeno di seppellire i morti.

"Per cosa?

Meglio che i tedeschi lo facciano quando tutto sarà finito. Allora, pensò Shaw, prendevano i cadaveri per i piedi e li gettavano nelle trincee, poi li coprivano a tutta velocità, soddisfatti di ciò che avevano fatto, contenti di aver ottenuto questo clamoroso trionfo sulle forze inglesi e galliche.

Avanzarono il più velocemente possibile, inciampando in altre trincee e altri corpi immobili. Centinaia di morti che ricoprivano il suolo ovunque, uomini che avevano pensato, come loro, alla bella possibilità di uscire da quel gigantesco ceppo e di poter tornare in Inghilterra, anche solo per ricominciare, preparandosi a continuare la lotta contro il potere nero sorto a Berlino.

Alla luce dei fuochi, gli Stuka continuavano a cantare le loro sirene e a sganciare le bombe, negli imponenti voli in picchiata, poi facendo crepitare l'aria, con orribili rumori e proiettando in alto l'alta schiuma dell'acqua, accompagnata dai pezzi di le barche colpite dalle bombe.

Ma il sergente ei suoi uomini erano ancora troppo lontani da Dunkerque per rendersi conto della terribile realtà di quell'inferno. Si stavano muovendo in un'area buia, nel mezzo di un'immobilità massima, che era molto più impressionante del fragore delle esplosioni a Dunkerque.

La morte era diventata la padrona assoluta di quella terra e sembrava sorridere, accovacciata, in attesa dell'opportunità di continuare a mietere vita dopo vita, con un desiderio davvero inconcepibile.

Shaw era riuscito a scacciare dalla mente i pensieri tristi che lo avevano torturato e ora era diventato l'uomo di sempre, il capo del suo plotone, consapevole di tutto ciò che lo circondava, pronto a premere il grilletto e sbarazzarsi di tutti. quanti nemici si sono presentati. Ma né lui né i suoi uomini potevano sfuggire alla strana tranquillità che li circondava. Era come se fossero improvvisamente finiti in un mondo strano, paradossale, troppo silenzioso e nero per essere vero. Justin, che era accanto a Peter, in fondo al plotone, batteva i denti e faceva sforzi enormi affinché il rumore non fosse percepito dal suo compagno, che camminava al suo fianco.

Pensò ai suoi genitori, a casa sua, nel giardino dove lavorava la domenica mattina, sistemando i fiori che tanto amava sua madre. Già immaginava la gioia della donna e il forte abbraccio che gli avrebbe dato quando fosse arrivato al suo fianco e poi, anche, nel lungo e agghiacciante racconto che avrebbe fatto davanti alle sue amiche, nel bar all'angolo, accanto a la piazza. Un infantile desiderio di eroismo lo aveva posseduto fin dall'inizio.

Era pronto a impedire, qualunque cosa fosse, che qualcuno si accorgesse e scoprisse nel profondo della sua anima la paura che lo aveva sopraffatto dal primo combattimento. In quel momento tremava dalla testa ai piedi, eppure si lasciava travolgere dalle sorridenti immagini del prossimo futuro.

Nonostante l'ottimismo che si stringeva tra la paura, che continuava a provare, quello che Justin Selby non riusciva a dimenticare era l'immagine del tenente, e il ricordo di quella morte gli fece venire i brividi. Non aveva, in nessun momento, assimilato completamente ciò che la morte rappresentava in guerra. Anche quando ha visto i primi cadaveri, tornato in Belgio, prima del grande ritiro, si è chiesto se non stesse frequentando una sezione cinematografica e se quei corpi, che gli cadevano addosso, non si sarebbero rialzati pochi istanti dopo quando il direttore del scena ordinata di interrompere il lavoro.

Era come se la sua immaginazione infantile lo aiutasse, in un certo senso, a difendersi dall'orrore che intorno a lui voleva influenzarlo in modo più terribile e diretto. Ma abbandonando tutte quelle idee, concentrò la sua mente su cosa sarebbe successo una volta tornato a casa e questo riuscì a rassicurarlo abbastanza, portando anche un povero sorriso di speranza sulle sue labbra tremanti.

Ammirava nei suoi compagni l'apparente indifferenza che possedevano. Ovviamente erano tutti uomini adulti e non avevano affatto immaginazione. Lanciò un'occhiata all'uomo che camminava accanto a lui e fu sopraffatto dall'invidia, dicendosi che avrebbe dato qualsiasi cosa per assomigliare al tranquillo Peter Fells.

Peter era un ex minatore della parte meridionale dell'Inghilterra e la vita di solito non diventava troppo complicata. Lo stesso è successo agli altri, a Sam Blue, a Horace Colton... e un po' a Ed Cooper, anche se questo era abbastanza diverso dagli altri. Il sergente Shaw chiamava Cooper "l'idealista".

Ex studente, incoraggiava i compagni con discorsi veri, spiegando le ragioni segrete di quella guerra e mostrando loro anche la sua profonda conoscenza della politica internazionale. Grazie a lui, i suoi compagni di plotone vennero a conoscenza della nascita del nazismo, della caotica situazione nella Germania del dopoguerra, nonché delle circostanze che avevano favorito Adolf Hitler, fornendogli l'occasione unica nella storia di raggiungere, a velocità vertiginosa, fino al potenza.

Da studente, Ed Cooper ammirava gli scienziati tedeschi e diceva che se avessero raggiunto il potere, nello stile di quelle antiche repubbliche greche, in cui i saggi erano, allo stesso tempo, i governanti, un destino diverso avrebbe preso . Germania. Adams Shaw era l'unico che rideva in faccia a Cooper, definendolo delirante e altre cose.

Ma Justin Selby, come il resto della squadra, ammirava questo ragazzo alto e allampanato con i capelli biondi ricci e gli occhi azzurri profondi. Grazie a Cooper, si erano divertiti molto, ascoltando il suo verbo facile, la sua parola sempre giusta e saggia. Amavano anche la chiara visione che Ed aveva delle cose e, soprattutto, l'entusiasmo che metteva in tutti i suoi discorsi.

In quel momento, Adams si fermò e fece cenno ai suoi uomini di seguire l'esempio.

Andando avanti, Sam Blue, impugnando il mitra, chiese a bassa voce:

"C'è qualcosa che non va, signore?

"Non lo so", rispose il sergente. Ho sentito un rumore a sinistra...

Il blu guardava da quella parte, cercando di scorgere qualcosa nell'oscurità che, da questa parte, era più intensa che a destra, dove i fuochi della città illuminavano abbastanza bene il sentiero. Ma non riusciva a vedere assolutamente nulla, sebbene rimanesse immobile, in attesa che il sergente ordinasse la marcia.

Infatti, Shaw, dopo alcuni secondi di attesa, mormorò:

"Devo essermi sbagliato. Andare...

E fu in quel preciso momento che, all'improvviso, una luce accecante li avvolse. Due riflettori, incrociandosi, li avevano catturati tra i loro raggi luminosi, immobilizzandoli completamente, facendo loro vedere l'impossibilità di fuggire, poiché erano diventati bersagli perfetti per i tedeschi che dovevano essere vicini ai riflettori, con l'indice sul grilletto. .

Una voce roca, troppo roca per parlare inglese, dando a quella lingua un suono stranamente gutturale, gridò:

"Lascia cadere le armi! Sei circondato!

Per alcuni decimi di secondo, Adams Shaw calcolò le loro possibilità di fuga. Erano nulli, del tutto inesistenti. Resistere sarebbe stata una follia e Shaw ha capito subito. Pertanto, sapendo che i suoi uomini non avrebbero fatto nulla fino a quando non glielo avesse ordinato, fu il primo a gettare il fucile mitragliatore, con rabbia, ai suoi piedi, mentre gridava:

"Obbedire!

Accanto a lui, Sam Blue lasciò cadere il mitra e così fecero Horace, Ed, Peter e Justin con i loro rispettivi fucili. La voce rauca risuonò di nuovo:

"Mani dietro il collo, presto!

Hanno obbedito.

Poi, nella zona luminosa, apparvero una mezza dozzina di soldati tedeschi, puntando loro contro i fucili, avvicinandosi a loro. Un po' più a sinistra, un ufficiale nazista, pistola alla mano, fece lo stesso. Pochi secondi dopo furono circondati e l'ufficiale, che era quello che aveva urlato contro di loro, disse, avvicinandosi al sergente:

"Siete stati fortunati, cani. Avremmo dovuto ucciderti...

Adams fissò il tedesco.

"Perché non lo fai? Indagò, con voce sicura e ferma.

L'ufficiale andò a fare un gesto, ma uno dei soldati, che gli era più vicino di Shaw, si fece avanti. Il fucile fece un rapido cerchio e il calcio colpì sul lato destro della faccia di Shaw, e fu proiettato all'indietro mentre sentiva una specie di sensazione di bruciore sul viso. Cadde all'indietro, rimanendo a terra, con i palmi delle mani appoggiati a terra.

L'ufficiale ha parlato al soldato in tedesco e il soldato ha sorriso. Quindi, avvicinandosi al sergente britannico, il tedesco disse:

"Devi iniziare a imparare, amico. La tua lingua è troppo lunga. In piedi!

Adams si mise a sedere, poi si passò una mano sulla guancia e sentì il contatto con il sangue che sgorgava dalla ferita. Non disse nulla, mordendosi solo il labbro. Intanto un paio di soldati tedeschi stavano perquisindo gli inglesi e poi è stato il suo turno, sentendo con disgusto le mani di quegli uomini che gli hanno perquisito le tasche e gli hanno portato via tutto quello che aveva addosso, compresa la documentazione del tenente Barney. . Ma non poté resistere e disse, rivolgendosi all'ufficiale:

«È il portafoglio del tenente morto di recente. Me l'ha affidato per inviarlo alla sua famiglia.

Il tedesco sorrise.

"Te lo invieremo", ha risposto. Lo consegneremo a tua moglie, di tua mano. Perché molto presto saremo nel tuo disgustoso paese.

Shaw non ha detto niente.

Costringendoli a mettere le mani dietro la testa, sono stati respinti, prendendo un sentiero che si allontana progressivamente da Dunkerque. Justin Selby, tra Ed Cooper e Peter Fells, ha lasciato che le lacrime scorressero sulle sue guance giovanili. Più che spaventato, desiderava disperatamente vedere che era molto probabile che non sarebbe mai tornato in Inghilterra. Era infinitamente infelice e piangere, in fondo, gli faceva un po' di bene.

Camminarono tutta la notte.

Adesso marciavano lungo una strada, camminando lungo il fossato per non disturbare i blindati e gli autocarri tedeschi che, in numero incalcolabile, si dirigevano a sud. Gli occupanti di quei veicoli prestavano poca attenzione a loro e si limitavano a guardarli, i loro volti seri e cupi. L'ufficiale ei suoi uomini camminavano al loro fianco, ma solo due dei soldati tedeschi avevano i fucili in mano e gli altri lo avevano caricato sulle loro spalle, completamente convinti che gli inglesi non avrebbero fatto alcun tentativo di fuga.

Successivamente furono fatti fermare e salire su alcuni camion, consegnandoli a nuovi soldati, al comando di un sergente che salutò militarmente l'ufficiale, in piedi davanti a lui.

Adams Shaw non riusciva a capire una sola parola di ciò di cui stavano parlando quegli uomini e li vide sorridere, fumare tranquillamente mentre si forzavano ancora le mani dietro il collo, una posizione che produceva crampi alle braccia.

Il sergente non aveva ancora assimilato la sua nuova situazione ed era stordito, incapace di misurare la realtà di ciò che gli stava accadendo. Guardò i suoi uomini e notò con soddisfazione che erano tutti calmi; Voglio dire, tutti tranne Justin Selby che continuava a piangere.

Per la prima volta si sentì dispiaciuto per il giovane e si disse che era stata una vera sfortuna per lui essersi iscritto in anticipo.

Ma non c'era più rimedio.

Quattro soldati tedeschi sono saliti sul camion, insieme ai prigionieri, e il veicolo si è subito messo in moto. Per tutta la notte, senza sosta, il camion si diresse verso nord, su strade sempre più tranquille, l'agglomerato di truppe succedendo a una serie di posti di guardia e poi raggiungendo altri camion carichi di prigionieri che erano sempre nella stessa direzione.

All'alba, uno dei soldati tedeschi indicò che potevano sedersi ei prigionieri obbedirono, abbassando le mani.

Sam Blue ha poi mostrato la sua audacia chiedendo ai tedeschi una sigaretta.

"Ci hanno preso tutto", ha spiegato sorridendo. E voglio davvero fumare ...

Il soldato sorrise e tirò fuori un pacchetto di sigarette, porgendole ai prigionieri. Era un uomo sulla trentina, dal caratteristico volto contadino e apparentemente dotato di un grande cuore. Poi li invitò a bere qualcosa dalla sua stessa borraccia e l'incorreggibile Blu, dopo aver assaggiato il liquido, disse:

«Questo è brandy francese, vero, sergente?

"Penso di sì", ha risposto Shaw.

"Si vede che non perdonano nulla" ha continuato Sam. Sono come le aragoste...

Ed Cooper sorrise.

"Le guerre non hanno fatto progressi in questo senso", ha detto, con quel tono di dottorato che ha fatto sorridere Adams Shaw. Il vincitore prende ciò che vuole dalla terra dei vinti. Ma questo è uno dei motivi che li rende più odiosi.

«Non ci lasci un'altra delle tue pergamene? Fells chiese.

"Non aver paura", rispose Cooper. Hai già pensato a cosa ci aspetta?

Fu Justin Selby, con gli occhi sgranati, a chiedere a sua volta:

"Cosa vuoi dire, Ed?

"Che i tempi brutti non sono ancora iniziati, ragazzo" rispose Cooper. Spero che non ci mandino in un campo di concentramento dove siamo mescolati a detenuti politici ed ebrei. Sarebbe terribile! Ho letto troppe cose sull'argomento...

Nessuno notò il brivido che scosse il corpo di Fells.

Perché era ebreo.

I camion proseguirono per la loro strada, poi virarono nettamente verso est. Erano entrati in Germania e avevano corso tutto il giorno, fermandosi poco, in una città molto pulita, dove i soldati mangiavano e un ranch infame è stato distribuito ai prigionieri. Ad ogni modo, Adams ei suoi uomini lo divorarono con vero appetito e lo avrebbero ripetuto se la magnanimità dei tedeschi lo avesse reso possibile.

Più tardi, quando i camion hanno ripreso a muoversi, Justin Selby ha fatto del suo meglio per sedersi accanto al sergente.

"Signore..." disse.

Shaw lo guardò.

"Cosa vuoi, piccolino? Domandò.

«Volevo parlarti, mio sergente.

"Parla.

"Vedi..." Justin esitò. Pensavo che potrei chiedere ai tedeschi di mandarmi a casa.

"Sei diventato matto?

«Non è quello, signore. Posso dimostrarti che non ho l'età per essere un soldato. Non hanno il diritto di rinchiudermi in un campo di concentramento.

Adams Shaw sorrise.

"Abbi un po' di pazienza, amico" disse. Le cose non saranno così terribili come sembrano. Inoltre, ci organizzeremo per vivere la migliore vita possibile. Devi affrontare i brutti momenti, Justin.

"Ha ragione, signore", rispose il ragazzo.

Ma aveva la sua idea. E guardò Peter Fells, chiedendosi se valesse la pena rischiare tutto per tutto. Non era disposto, in alcun modo, a sopportare la lunga reclusione in un campo di concentramento. Perché anche se era poco più che un bambino, comprendeva perfettamente che gli Alleati avrebbero perso la guerra e che quindi sarebbero passati mesi, forse anni, prima che potesse tornare in Inghilterra, se mai. possibile una cosa del genere.

Incapace di rendersi conto, invece, della terribile realtà che stava per arrivare, Justin Selby si lasciò volontariamente trasportare dal proprio progetto, che aveva immaginato poco prima, quando ricordò una frase di Fells e la associò a ciò che Ed Cooper aveva spiegato pochi istanti prima.

Le conseguenze di ciò che stava per fare gli importavano poco, poiché era quasi del tutto certo che dopo tutto sarebbe stato favorito.

Intanto, all'imbrunire, i camion proseguirono il loro cammino e tutti si fermarono, quando la notte buia avvolse completamente la carovana. Furono fatti scendere dalle auto e formarono, in una lunga fila, inglesi e francesi, poi li fecero avanzare verso il gigantesco cancello del campo di concentramento al quale erano stati assegnati.

L'aspetto di tutto ciò, cupo e cupo, impressionò così tanto Justin Selby che stava per piangere di nuovo.

Alto filo spinato formava un'imponente barriera e si potevano vedere le torri di osservazione, dove i tedeschi, con riflettori e mitragliatrici, osservavano da vicino i prigionieri. La prima parte che attraversarono sembrava abbastanza normale, ma quando passarono la seconda fila di filo spinato, precipitando direttamente nel campo, l'aspetto di tutto ciò che li circondava cambiò come un incantesimo.

Le baracche, situate ai lati della passeggiata centrale, furono quasi interamente distrutte da pioggia, sole e vento. I suoi tetti, formati da un semplice tessuto catramato, offrivano una moltitudine di buchi e il suo interno non era diverso dall'aspetto triste che offrivano all'esterno. Mucchi di paglia puzzolente segnavano dove dormivano i prigionieri, e un forte fetore di umanità si diffondeva ovunque.

Fu loro assegnato un angolo dove si lasciarono cadere, in silenzio, guardando gli altri che erano stati catturati prima di loro e che anche loro li guardavano incuriositi. Una sola lampadina, ricoperta di escrementi di mosca nera, illuminava debolmente l'interno della baracca. Bastava guardare da vicino i volti di chi era già lì per capire che le calamità erano le padrone assolute della vita di campagna.

Le divise erano rovinate ei volti pallidi, smunti, con pupille luminose e labbra quasi bianche. Seduto nel suo angolo, Justin Selby si disse che non sarebbe rimasto lì a lungo e che sarebbe stato, per fortuna, uno dei fortunati che sarebbero usciti molto presto da quell'inferno, sfuggendo alla disperazione che poteva leggere, chiaramente , nel volto dei suoi compagni prigionieri, negli sguardi spenti e nei volti smunti che lo circondavano.

Ovviamente farei le cose con attenzione, senza che nessuno lo sapesse.

Ma non gli importava nemmeno di non poter dire addio ai suoi amici, ai suoi compagni di squadra. Lo avrebbero condotto altrove ed era persino possibile, se la Germania fosse riuscita a invadere la Gran

Bretagna, che potesse presto tornare a casa, anche se le strade delle città inglesi erano piene di soldati nazisti di successo.

Cosa potrebbe importargli?

CAPITOLO III

Heinrich Slassen rise soddisfatto.

L'ordine con cui era stato nominato, quella stessa mattina, capo dello Stalag XXIII, in assenza del maggiore Drunker, che si era unito al fronte, lo riempì di gioia. Era ovvio che questo significava una sorta di promozione, se non in galloni di categoria, dal momento che gli dava il potere onnipresente su circa duemila prigionieri. Naturalmente, tutto ciò era dovuto alla sua diretta partecipazione, dal 1933, alla vita politica del Partito Nazionalsocialista.

Fu molto fortunato a passare al momento opportuno, cambiando corpo, lasciando la SA per diventare parte integrante della SS. Si rallegrava ancora della chiara percezione che aveva avuto, soprattutto quando le voci sul complotto che stava preparando all'interno delle SA, destinato a spezzare l'impeto di Adolf Hitler e mettere al suo posto l'ambizioso Rohm che, senza dubbio, aveva creduto che il era arrivato il momento della sua esaltazione al potere.

Seduto nel suo ufficio di capo dello Stalag XXIII, l'Oberleutnant Heinrich Slassen ora ricordava, con vero piacere, i suoi primi giorni che corrispondevano al balbettio del nazionalsocialismo in Germania.

Le SA (Sturmabteilung, Sezioni d'assalto) furono indissolubilmente legate, nella sua creazione, alla persona di Göering che ne era il capo superiore nel dicembre 1922. Nel novembre 1925 furono create le SS (Socialdemokratische Partei Deutschlands, Partito socialdemocratico tedesco).) e, da quel momento, tra le due organizzazioni iniziò una lotta oscura e segreta. Nel gennaio 1931, Rohm assunse la guida dello stato maggiore delle SA, e da allora in poi iniziò a concepire serie speranze che miravano a farlo diventare il nuovo Führer della nazione tedesca.

Ma Rohm dimenticò che Hitler veniva costantemente informato delle ambizioni e dei movimenti di coloro che lo circondavano. E così, nella terribile notte del 30 giugno 1934, il Führer, accompagnato dai suoi uomini di fiducia, procedette alla pulizia generale all'interno della SA. Fu l'Obergfiruppenführer della SA Lutze, ex assistente di Pfeffer, a denunciare le ambizioni di Rohm, parlando di li a Von Reichenau. Prima che tutti quei mormorii raggiungessero le orecchie di Adolf Hitler, Rover, il Gauleiter di Oldenburg, propose l'arresto immediato dell'ambizioso Rohm, con la motivazione che se fosse entrato nella sua giurisdizione, avrebbe potuto attaccarlo in base all'articolo 175 del codice penale, riferendosi all'omosessualità.

Nel frattempo, la notizia stava raggiungendo il Führer che si rese conto che era del tutto possibile, infatti, che Rohm stesse preparando un "putsch".

Alle cinque del mattino di quel triste giorno, una lunga fila di auto, protette da un blindato Reishswehr, si avvicinò a Wiessee dove Rohm, completamente tranquillo, dormiva nella famosa pensione Hanslbaver.

Hitler era accompagnato da un gruppo di ex guardie personali, con le quali era solito andare a tutti gli incontri politici. Con lui c'erano anche Emil Maurice e l'ex commerciante di cavalli, Christian Weber. Quando arrivarono alla pensione, furono accolti dal conte Von Spreti, che Hitler colpì in faccia con il pomo dell'antico frustino che era così felice di portare con sé.

Subito dopo, Rohm è stato trattenuto nella sua stanza, dovendo essere svegliato, poiché dormiva profondamente.

Rohm è stato ammanettato e portato a Monaco come prigioniero di stato.

Nel frattempo Hermann Göering, dotato di mezzi da combattimento e utilizzando mezzi corazzati, aveva circondato la casa principale delle SA, sequestrando tutto il materiale bellico, armi e munizioni e facendo prigionieri tutti i suoi occupanti.

Circa duecento capi delle SA furono rinchiusi a Monaco, nel carcere di Stadelheim. Rohm fu sorpreso da quell'arresto e non fece altro che protestare, a chi lo visitava, che aveva sempre combattuto al fianco di Hitler e che l'idea di ribellarsi al Führer non gli era mai passata per la mente.

Nel frattempo, nella Brown House, Hitler studiava l'elenco dei detenuti e segnava, sottolineandoli con una matita rossa, centodieci. Erano gli uomini che dovevano morire. Ma l'arrivo di Franz, il ministro della Giustizia bavarese, indusse Adolf Hitler a ridurre finalmente quella lista a diciannove nomi. Alla testa, ovviamente, c'era Rohm, a cui il Führer fece portare una pistola nella sua cella, sperando che avrebbe posto fine alla sua vita. Ma Rohm si rifiutò di suicidarsi e, insieme ai suoi compagni, fu fucilato nel cortile della prigione di Stadelheim a Monaco di Baviera la mattina presto del 1 giugno.

Due mesi prima, l'astuto Heinrich Slassen era passato volontariamente alle SS

E ora era contento di averlo fatto, avendo preso quella precauzione.

Ricordando quella notte orribile, rabbrividì. Avrebbe potuto essere nella casa delle SA di Berlino, essendo uno dei detenuti del potente Hermann Göering, quando si presentò con le sue autoblindo, circondando l'edificio. Ma la fortuna lo aveva ancora una volta favorito, e ora poteva congratularsi con se stesso per aver "annusato" quella situazione che poteva essere decisamente tragica per lui.

Alzò la testa quando sentì bussare alla porta.

"Vai avanti! Esclamò.

Pochi istanti dopo, il suo scagnozzo, Feldwebel Dietrich Klossen, si presentò al suo superiore.

"Sono arrivati nuovi prigionieri, tenente" disse il sergente.

"Molti?

«Duecentottantatré, esattamente.

"Sono già stati ospitati?

«Sì. Sull'isolotto 16. Tra loro ci sono 112 inglesi. Gli altri sono francesi.

"D'accordo. Stiamo aspettando ordini da Berlino. Sai, Klossen, che ho proposto di impiegare questi prigionieri nelle vicine fabbriche di armamenti. Ci sono missioni che possono svolgere facilmente, guadagnando così cibo che altrimenti dovremmo dare loro come regali. Herr Funker, il proprietario di una di queste fabbriche, mi ha raccontato delle difficoltà che attualmente esistono nella sala colata. E sarebbe un vero peccato se i bravi lavoratori tedeschi, di razza ariana, si ammalassero di polmoni mentre tutti questi barboni e maiali si crogiolano nei campi, uccidendosi a vicenda i pidocchi, non credi?

«È un'idea magnifica, signore.

"Domani andremo a trovare Herr Funker, anche se non abbiamo ancora ricevuto istruzioni da Berlino. Spero che non impieghino molto tempo per inviarceli.

"Come desidera, tenente.

"C'è qualcos'altro?

"No, niente. Distribuirò il ranch della notte ai nuovi arrivati. Anche se è una lattina...

"Perché?

«Perché abbiamo già spento le cucine, signore. Non ci aspettavamo l'arrivo di questi uomini in questo momento.

"Che problema! Non disturbare i cuochi, Dietrich. Non c'è bisogno di distribuire cibo stanotte. Lascia dormire quei maiali e poi domani mattina avranno più appetito.

Il Feldwebel si raddrizzò, poi sollevò il braccio destro.

"Heil Hitler!

"Heil! L'Oberleutnant si è limitato a rispondere.

Le sirene cominciarono a ruggire prima che nascesse il giorno.

Sbarazzandosi del sonno e della stanchezza, i prigionieri lasciarono la caserma e formarono il lungo cammino, in quella sinistra barriera, che divideva il campo in due parti uguali. La luce dei proiettori illuminò ampiamente l'intero settore e poco dopo arrivarono i soldati tedeschi al comando della formazione. Erano armati di pistola, che non estraevano quasi mai e, al contrario, portavano in mano un manganello di gomma con cui picchiavano il ritardato.

Nonostante il periodo dell'anno, il freddo in quella regione era intenso e la stanchezza del giorno prima si vedeva sui volti di chi era arrivato con Adams Shaw e gli uomini del suo plotone.

Poco dopo apparve il capo del campo, vestito in maniera impeccabile. Passò in rassegna i prigionieri e poi, stando grossolanamente in mezzo alla strada, ai cui lati erano allineati gli uomini, disse, parlando in tedesco e interrompendo di tanto in tanto affinché l'interprete, che era accanto a lui, potesse tradurre , prima in inglese e poi in francese, le sue parole.

"Non amo i discorsi" cominciò a dire. Né mi piace ricordarvi che siete prigionieri, perché lo vedete. Quello che voglio dirti è che avrai la possibilità di vivere in modo dignitoso, guadagnandoti da mangiare e quante cose la Germania ti darà generosamente. È quasi certo che alcuni di voi, se non molti, pensano che ci siano accordi, firmati a Ginevra, che impediscono l'uso dei prigionieri di guerra. Noi nazionalsocialisti siamo disposti e vogliamo soprattutto che gli uomini che si preparano a lavorare lo facciano volontariamente. Nessuno sarà costretto ad andare nelle fabbriche, ma, naturalmente, chi accetterà questo lavoro godrà di una vita, cibo e cure che non possiamo fornire agli altri. E poiché mi piace sapere che tipo di persone sono cadute nella mia fortuna, Voglio che coloro che desiderano lavorare per l'industria bellica tedesca si facciano avanti nel momento in cui suona il fischio. Inteso?

L'interprete fischiò pochi istanti dopo.

Ci fu un momento di attesa, e poi all'improvviso, con stupore generale, solo un uomo si distinse dai ranghi dei prigionieri.

Justin Selby.

In piedi al fianco del sergente, anche Adams Shaw fece cenno di fermare il giovane. Ma era troppo tardi e Selby aveva compiuto il fatale passo in avanti.

Quasi subito un mormorio sordo si diffuse tra le file dei prigionieri e si udì la sferza violenta di alcune parole offensive in francese e in inglese.

"Maiale!

"Maiale!

"Traditore!

"obsoleto!

L'Oberleutnant Henrich Slassen ruggì di rabbia.

"Silenzio, figli di puttana!

Il suo volto era scomposto, ma un sorriso ironico gli sfiorò le labbra mentre si avvicinava, con passo misurato, all'unico volontario, davanti al quale si fermò.

"Bravo ragazzo. Vedi come ti trattano i tuoi colleghi. Ma non preoccuparti, sei disposto a lavorare per la Germania?

Justin Selby era diventato intensamente rosso e gli ci è voluto molto per dire:

"Sì signore. Inoltre, avevo bisogno di parlarle, in privato.

Il sorriso si approfondì sulle labbra del tedesco.

"Perfetto. Vieni con me". Si rivolse al Feldwebel, dicendo in tedesco: "Manda quei maiali alle loro baracche! Che non ci sia distribuzione del ranch fino a nuovo avviso!

Dietrich Klossen batté i tacchi, poi si rivolse all'interprete per fargli tradurre gli ordini dell'ufficiale.

Incorniciato dai soldati che accompagnavano il tenente tedesco, Justin Selby lasciò il campo e fu introdotto nell'ufficio di Slassen, che gli mostrò una sedia.

"Siediti, amico" disse. Poi aprì il suo portasigarette d'oro e gli offrì una sigaretta che il giovane ammise, arrossendo ancora una volta.

Heinrich lo guardò incuriosito:

"Ero molto soddisfatto", ha spiegato, "che tu fossi l'unico volontario. Vincerai, ragazzo. Ma mi sembra che tu abbia detto che volevi parlarmi in privato. Non è così?

"Sì, signore", disse l'inglese, sorpreso che Slassen non avesse bisogno di un interprete allora. Heinrich infatti parlava abbastanza bene l'inglese, ma riteneva che avrebbe perso importanza se si rivolgesse direttamente ai detenuti, preferendo comunque servirsi dell'interprete.

"Di cosa si tratta?

Justin Selby esitò.

Gli insulti rivoltigli dai prigionieri gli risuonavano ancora nelle orecchie. Stava bene?

Non era diventato improvvisamente uno sporco traditore?

Distolse quelle idee, convinto di lavorare per il suo bene, poiché nessuno di coloro che erano rimasti nel campo avrebbe alzato un dito per aiutarlo nei suoi propositi. Alzando la testa, guardò con calma il tedesco.

"Questo è qualcosa di importante, signore.

"Parla.

"C'è un ebreo nel mio plotone.

Il sorriso che poi apparve sulle labbra di Slassen era pieno di crudeltà.

"Molto interessante! Sei sicuro, almeno?

"Completamente, signore.

"Come si chiama quell'uomo?

«Peter Fells, signore.

" Benissimo! Mi stai dimostrando "continuò dicendo, dopo una breve pausa", che sei molto più intelligente di quanto non sembrassi all'inizio. Ma voglio sapere un'altra cosa, perché hai denunciato il tuo compagno?

«Perché voglio tornare in Inghilterra, signore.

Il tedesco si accigliò.

Tornare in Inghilterra? Era stupito, onestamente.

«Sì, mio tenente. So che sbarcherai nel mio paese da un momento all'altro. E vorrei tornare il prima possibile. Mi sono presentato prima che mi chiamassero e non sono ancora abbastanza grande per essere un soldato. Ho dovuto barare, falsificando i miei documenti.

"Eri così ansioso di combattere contro di noi?

"Non è quello," si affrettò a rispondere il giovane. Ero felice, in attesa della migliore avventura della mia vita. Purtroppo "e abbassò la testa, appoggiando il mento sul petto", mi sbagliavo da medio a medio...

Il tono della voce di Slassen si fece caldo.

"Non preoccuparti, ragazzo. Come ti chiami?

"Justin Selby, signore.

"Non preoccuparti, Justin. Per te andrà tutto bene. Ti prometto che non appena i soldati tedeschi metteranno piede in Inghilterra, ti rimanderò a casa. Sei felice?

"Grazie mio Signore.

Adesso ascoltami bene. Ti ho già detto che sei un ragazzo intelligente e molto attento. Stai tornando in campo. Come se nulla fosse successo. Puoi contare quello che vuoi. Vale a dire...

I suoi occhi brillavano in modo inaspettato. Capì che il ritorno del ragazzo gli avrebbe messo in difficoltà. Perciò, avvicinatosi alla porta, l'aprì socchiusa, gridando:

"Feldwebel!

Dietrich Klossen è apparso pochi istanti dopo.

"Devi sistemare le cose", spiegò in tedesco il suo superiore, "in modo che questo ragazzo non sia in pericolo sul campo. Sai, il solito... ma non ferirlo troppo. Chiedi all'interprete di spiegartelo in dettaglio, ok?

"Si signore!

Heinrich si voltò verso il giovane.

«Unisciti al sergente, Justin. Ti darà qualche consiglio in modo che non ti succeda nulla sul campo. E fidati di noi. Siamo al tuo fianco. Non ti succederà niente.

«Grazie, mio tenente.

Dietrich lo portò in una caserma vicina e chiamò l'interprete, spiegandogli che doveva dire al ragazzo che era necessario colpirlo un po' perché i suoi compagni credessero alla storia che stava per raccontare loro. Era l'unico modo per calmare un po' gli animi di chi lo considerava un traditore. Pallido come la carta, Justin ascoltò le parole dell'interprete e poi guardò con gli occhi spalancati per la paura il sergente che gli si avvicinava.

"Non ti farò troppo male, ragazzo" gli disse Klossen, in tedesco, con un sorriso cinico sulle labbra.

Poi ha iniziato a picchiarlo.

Lo fece scientificamente, come aveva appreso nelle SS. Fortunatamente, Justin Selby ha perso conoscenza quasi immediatamente, anche se l'altro ha continuato a colpirlo. Poi chiamò due soldati e ordinò loro di portarlo nella sua caserma. Mentre si allontanavano, Dietrich Klossen sorrise al terribile stato in cui aveva lasciato il giovane prigioniero. Gli piaceva colpire. Era qualcosa di molto più forte di lui. E sperava di farlo in tante, tante altre occasioni, quando ricordava, digrignando i denti, l'atteggiamento ribelle di tutti i prigionieri dello Stalag XXIII.

L'apparizione dell'Obertleutnant mise da parte i suoi pensieri crudeli.

"Rimarrai qui" gli disse Heinrich. Vorrei prendere la macchina per far visita a Herr Funker. Torno subito.

"Va bene, signore.

"Non l'hai colpito troppo forte, vero?

"No, mio tenente. Quanto basta perché quei maiali non diffidino di lui. Ha commissionato qualche lavoro importante?

"Sì. Da uno molto importante, sergente. E ora che mi ricordo, stasera stiamo tirando fuori dalla caserma uno sporco ebreo. Le guardie non si divertono da molto tempo. Spero che non abbiano dimenticato quello che hanno imparato , eh?

"Lo ricordano perfettamente, signore", rispose Klossen. Puoi vedere di persona stasera.

"Lo spero! Non voglio ebrei in questo campo. Abbiamo avuto molte carogne al nostro fianco in questi ultimi mesi. Certo che Peter Fells, che è il nome dell'israelita, non sa cosa lo aspetta "Si allontanò di qualche passo, poi si voltò di nuovo verso il sergente. Poi disse: "Mi stavo dimenticando, Klossen. Distribuisci il ranch verso le quattro. Ma non lasciare che nessuno di loro esca dalla caserma. Prendi due uomini per ciascuno di loro e fate distribuire loro il cibo, ma senza che nessuno metta il naso fuori.

«Al vostro servizio, Herr Oberleutnant!

Pochi istanti dopo, Heinrinch Slassen salì sulla sua Mercedes, dando all'autista l'indirizzo di una delle fabbriche più importanti della regione. E mentre il veicolo attraversava il cancello del campo, Heinrich Slassen pensava all'ottimo brandy che gli avrebbe offerto Herr Funker, al sigaro che avrebbe fumato al suo fianco e, soprattutto, ai profitti che avrebbe potuto ottenere se il il potente produttore accettò, come pensava. per farlo, la collaborazione di circa cinquecento prigionieri, che potrebbe assegnare alla fonderia.

Sì, era stato davvero un uomo intelligente a lasciare la SA, al momento giusto. E nonostante si fosse liberato di tutti quei pericoli, non poté fare a meno di rabbrividire ricordando quella triste notte, quando le autoblindo di Hermann Göering circondarono l'edificio delle SA a Berlino, guidando dentro e portando i capi in quella prigione di Monaco dove, settimane dopo, hanno lasciato le loro celle per andare direttamente al muro.

Adesso sarebbe stato diverso.

Che lo volesse o no, il Terzo Reich poggiava sulle SS, che erano diventate l'asse più importante della nazione. Gli uomini che proteggevano il Führer erano SS, quelli che osservavano da vicino ovunque appartenevano alle SS. E anche la Gestapo mantenne stretti rapporti con le SS, che molto spesso ne divennero il braccio esecutivo.

L'Oberleutnant capì perfettamente che Hitler non si fidava troppo dell'alto comando dell'esercito. Aveva avuto l'occasione, mentre si trovava a Berlino, di partecipare a una riunione in cui i generali, con la loro ridicola treccia rossa che scorreva di traverso attraverso i pantaloni color cachi, si sentivano superiori, come se da loro ci si potesse aspettare di tutto.

Bah!

La metà di quei maiali stava già pensando a compromessi con l'Occidente e non aveva in mente altro che piani di firmare patti separati, fermando la colossale macchina da guerra che era riuscita a fare della Germania il paese più potente del mondo.

Ma non avrebbero avuto altra scelta che obbedire agli ordini ricevuti.

Vicino ai Posti di Comando c'era sempre qualche unità SS, che veniva chiamata "protezione"; ma in realtà, oltre a compiere quell'importante missione, erano lì per ricordare ai generali che Berlino non avrebbe permesso alcun tradimento, nemmeno la più piccola deviazione dagli ordini emanati dal Quartier Generale.

E se qualcuno era così pazzo da disobbedire, le SS lo avrebbero portato alla ragione in fretta, senza perdere tempo. Perché i suoi uomini erano diventati, né più né meno, la ragion d'essere del nuovo Stato nazionalsocialista.

CAPITOLO IV

Nell'ultima baracca della fila a destra, Marcel, seduto in fondo, si tolse la camicia sporca, scoprendo il ventre peloso, tra i cui capelli cercò furiosamente, mordendosi il labbro.

"Puzzano?" Chiese il suo vicino, un giovane magro che guardava con ammirazione il corpo voluminoso e peloso del suo compagno di stanza.

"Accidenti!" Sputa Marcel. "Deve essere un pidocchio nazista...

"E che differenza fa?" chiese l'altro.

Il colosso e gigantesco Babbo Natale lo guardava con disprezzo.

"Ignorante!" Egli ha esclamato. Un pidocchio francese morde appena; un nazista ti entra nel sangue per vedere se scopre se sei ebreo o meno.

Il giovane sorrise, mostrando i denti magri, anche se i pochi denti rimasti erano bianchi. Gli altri sono saltati fuori dalla sua bocca non appena ha raggiunto il campo, grazie alle nocche del pugno del sergente Klossen.

"Che grazia! Esclamò.

"Non riesco a vederla da nessuna parte," ringhiò Marcel. Se è un pidocchio nazionalsocialista, dannazione lo prenderò e poi mi guarderò scoppiare! "E ha continuato a frugare nella pelliccia dove erano sparsi alcuni peli bianchi, anche se scarsi.

Claude quindi aprì la porta del dormitorio, entrando e chiudendosi con cura dietro di lui. Era un giovane magro, pallido, con le spalle così strette che facevano pensare, senza errore, a un petto tipicamente tubercolare, con costole scoperte e clavicole che lasciavano dei buchi sopra di esse; buchi che potrebbero facilmente adattarsi a un'arancia.

Guardò di nuovo lungo il corridoio dei piedi di coloro che giacevano sulla paglia. Poi si lasciò cadere accanto a Marcel.

"L'hanno restituito al campo", ha detto.

L'altro sembrava non aver sentito nulla e continuò la sua ricerca, finché all'improvviso si mise a ridere, staccando le sue larghe dita dai capelli neri, premendo il pollice e l'indice della mano destra.

"Ce l'ho già! Esclamò, con un grido di trionfo.

Claude guardò incuriosito le grosse dita dell'amico e vide che quest'ultimo, con l'altra mano, afferrava l'animale, lo prendeva con cura e lo sollevava in modo che tutti lo vedessero.

"È una 'camicia marrone! " Egli ha detto ". Guardalo, amici! Un maiale pidocchio nazista che ha osato succhiare il sangue di un francese! Accidenti a te mille volte! Adesso li pagherai tutti insieme, schifosa "camicia marrone"! E non potrai chiamare il tuo "Führer" per salvarti...!

Ha posizionato il parassita sull'unghia larga e sporca del pollice sinistro e l'ha abbinato alla stessa unghia dell'altro pollice. Il rumore che l'animale ha fatto quando è esploso è stato chiaramente udito. Poi c'era una macchia marrone e rossa, che Marcel pulì a fondo con i suoi pantaloni sporchi.

"Uno in meno!" sospiro. Poi, rivolto al nuovo arrivato, gli chiese: "Cosa hai detto prima, Claude?

"Che lo hanno fatto tornare in campo.

"Il... volontario?

"Sì. L'hanno portato tra due soldati. Klossen deve essersi preso cura di lui...

"Klossen!" esclamò lo sdentato, passandosi le dita sulla bocca, come se il nome del tedesco e lo stato dei suoi denti associassero inevitabilmente le sue idee" Proprio il maiale!

"Silenzio" disse Marcel. Tutte queste sono storie. Di sicuro non gli hanno fatto troppo male.

"Cosa intendi?" Chiese Claudio.

"Che è puro cammello. Non ricordi che disse al tenente che voleva parlargli da solo?

"Si ma ...

«Lasciami continuare, Claude. Quel tipo è un furfante e Klossen ha camuffato un po' la verità, per ingannarci.

"Vuoi dire che l'ha colpito di proposito, senza motivo?

"Sì, è quello che intendo. L'hai visto?

"Da lontano.

Marcel finì di grattarsi la pancia e poi si infilò la camicia.

"Ascolta" disse, guardando Claude. Vedrai l'inglese, quel sergente. Digli che voglio vederlo... adesso.

"Bene," rispose Duvillard, alzandosi per eseguire l'ordine.

Il colosso lo seguì con lo sguardo, un sorriso ironico che gli compariva sulle labbra. Questo gesto non è passato inosservato allo sdentato, che ha detto:

"Ti obbediscono, eh, Marcel? Sei diventato il capo.

"Non tuo ...

"No" rispose l'altro. Non mi ingannano più.

Marcel sorrise.

"Fai bene. Sei un ragazzo troppo intelligente. Verità?

L'uomo sdentato scosse la testa da una parte all'altra senza troppa convinzione.

"Non mi considero intelligente", ha detto, ma non mi lascio ingannare dalla tua politica, Marcel. I tuoi amici e i nazisti hanno firmato un trattato. Ti sei dimenticato?

"Sciocco! Che ne sai? Ma non aspettarti niente da noi. E se continui a dire sciocchezze, passerai davvero dei brutti momenti.

"Hai un brutto momento?" Rise l'altro. Che grazia! Vedo che hai preso sul serio il tuo ruolo di leader dei comunisti. Dopotutto, siete solo un piccolo gruppo nel Campo. Cerca di non dimenticarlo.

"Siamo pochi, ma una di queste notti possiamo torcerci il collo.

"Non ho paura di te. Ci sono qui, in caserma, molti che la pensano come me e che ti disprezzano. Dopotutto, la differenza tra te e i nazisti è il colore della maglietta.

Marcel stava per rispondere, ma si trattenne. Claude e l'inglese erano appena entrati in caserma e il colosso si alzò in fretta, senza guardare lo sdentato, preferendo trovare un altro posto dove conversare con gli inglesi. Non gli interessava che orecchie stupide come quelle del suo precedente interlocutore sentissero quello che stava per dire.

C'era un posto che i comunisti si erano riservati, vicino alla porta. C'erano gli undici che servivano Marcel in caserma, che rispettavano e consideravano il loro capo supremo. Non aveva bisogno di dire nulla a Santais per far alzare gli uomini, formando un cerchio in modo che Marcel potesse parlare con calma.

Uno di loro si fermò vicino alla porta nel caso fosse necessario impedire l'arrivo di una sentinella.

"Siediti..." disse Marcel ad Adams. Tu parli francese?

"Sì, un bel po'.

"Bene. Meglio. Conosco anche la tua lingua, ma faccio fatica ad esprimermi in essa. Una sigaretta?

"Grazie.

Marcel studiò attentamente l'inglese mentre prendeva i primi tiri dalla sua sigaretta. Fin dall'inizio, e senza sapere esattamente perché, le piaceva Shaw, con il suo corpo forte, il viso da ragazzo e lo splendore intenso e luminoso dei suoi schietti occhi azzurri.

"Eri il sergente di quel tipo che si è offerto volontario, giusto? Ha chiesto di punto in bianco.

"Sì. Justin Selby era al mio servizio.

"Mi hanno detto che l'hanno restituito.

"Così è. Ma prima che lo picchiassero... non capisco...

"Sì. Ascolta, amico... non mi hai ancora detto il tuo nome.

"Adam Shaw.

"Io sono Marcel Santais. Come dicevo, quello che è successo è chiarissimo. Quello... Selby deve essere andato fuori di testa ei tedeschi lo hanno picchiato quando si sono resi conto che il suo atto di volontariato per lavoro ci aveva fatto infuriare. Si tratta, né più né meno, di avere una spia in campo.

"Non credo che Justin sia un traditore.

Come puoi essere sicuro?

"Non lo so, ma lo conosco. È un bambino che è venuto in guerra ingannato e che si mette a piangere quando succede qualcosa di grosso.

"Proprio il tipo di ragazzi che i tedeschi possono far ballare al ritmo che preferiscono.

"Ma cosa vuoi che faccia quel ragazzo?

"Lo ignoro. Comunque, qualcosa ha detto al nazista, vediamo... non ci sono comunisti tra gli uomini del tuo plotone?

Adams sorrise.

"No, non ce ne sono...

"Bene. E gli ebrei, ce ne sono?

"No, non credo nemmeno io...

"Sicuro?

"Uomini! Non ne sono del tutto sicuro, ma no, non credo. A quanto pare hai cercato di farmi credere che Justin sia disposto a vendersi ai suoi compagni di squadra.

Il viso di Marcel si rabbuiò.

"Ascolta, Adams" disse ": è meglio che tu sappia, ora, dall'inizio, che questo campo è diviso in due gruppi. Uno molto grande, quello degli idioti sognatori, quello dei ragazzi che sono nati per essere pecore e che si lasciano trasportare come tali.

"E l'altro gruppo?

"È più piccolo, ma è composto da uomini disposti a tutelare gli interessi dei prigionieri... in attesa di tempi migliori.

"E tu sei uno dei secondi?

"Sì.

"Comunista?

"Sì.

Shaw scrollò le spalle.

"Non sono mai stato interessato alla politica", ha detto. Sono, solo perché tu lo sappia, un militare professionista, in un certo senso.

"Non importa. Sto per dirti una cosa, Shaw: mi piaci. So che sei un ragazzo volenteroso e anche se ormai è troppo presto per dirti certe cose, c'è qualcosa che potrebbe interessarti.. "Più tardi. Ma continuiamo a parlare di quel tipo nel tuo plotone. Voglio che tu lo guardi. Non fidarti di lui, e se sai che c'è un ebreo tra i tuoi uomini, digli di andarsene, c'è una caserma al indietro, vuoto. Sono morti lì, appena arrivati, sessanta uomini con tifo. I tedeschi hanno rimosso i cadaveri e li hanno bruciati, ma non hanno toccato la caserma e nessuno di loro avrebbe osato entrare di nuovo.

"Penso che esageri; ma, comunque, grazie mille per i tuoi consigli.

"No, non andare ancora. Domani chiederanno di nuovo volontari per il lavoro...

"E bene?

"Presentati.

"Hey?

Marcello sorrise.

"Ci presenteremo anche noi. Abbiamo studiato il caso e penso che dovremmo.

"Ma non ti rendi conto che i tedeschi non hanno il diritto di farci lavorare?

«Smettila di scherzare, Adams. Non conosci il capo del campo. Oggi non ci ha dato più di mezzo ranch. Quanto tempo pensi che ci lascerà senza cibo se non si presentano volontari? Lascia che gli idioti muoiano di fame! Abbiamo bisogno di energia... per ogni evenienza.

Adams fissò l'altoparlante.

"Sembra essere" disse "- che tu abbia dei progetti concreti. E mi piace che... Se pensi che si possa fare meglio se lavoriamo, dirò ai ragazzi di fare volontariato, purché lo facciate anche voi.

"Daremo il tono domani.

"Allora va bene.

Adams stava per alzarsi quando la porta si aprì, lasciando il posto a Horace Colton, immensamente pallido, che guardò dall'alto in basso, poi avanzò verso il sergente non appena lo notò.

"C'è qualcosa che non va, Orazio? chiese Shaw, pieno di sincera preoccupazione.

"Hanno preso Peter, signore! L'hanno preso! E ho capito che lo trattavano da ebreo...

Marcel guardò Adams trionfante.

"Non te l'avevo detto?" Ha chiesto.

"Non può essere! Ma se quel figlio di puttana...

E indicò l'uscita. Veloce come la luce, Marcel lo prese per un braccio.

"No, aspetta" disse. Stai per commettere un terribile errore. È proprio quello che si aspettano i tedeschi... Non dimenticare che lo proteggono e che non deve succedere nulla al boccino nella tua caserma. Vieni... ti darò qualcosa.

Lo portò sul retro della capanna, frugando sotto la paglia umida. Tirò fuori un involucro, poi controllò che lo sdentato russasse rumorosamente accanto a loro.

«Metti un po' di queste polveri nel ranch di quel tizio. E non dirgli niente, né spaventarlo... Ci prenderemo cura di lui.

Adams prese il foglio, poi guardò Marcel con aria interrogativa.

"Veleno?

"No" rise il francese ": jalapa. Le latrine sono sul retro e quel maiale dovrà andare, stanotte, a togliere le budella. Non dire niente a nessuno. I tuoi uomini sospettano di Justin?

"Non la penso così.

Meglio che meglio. Andare...

Adams lo guardò angosciato.

"E l'altro? Cosa faranno a Fells?

"Vuoi dire l'ebreo?

"Sì.

"Lo vedrai stasera. Ci inviteranno allo spettacolo...sono molto simpatici.

"Ma...

«Sì, non sperare più. Sarebbe stato meglio se lo avessero ucciso al fronte.

La fronte di Shaw era sudata quando ha lasciato la caserma.

Hanno distribuito il primo ranch al tramonto. Non aveva mai passato ore così orribili come quelle, e quando i prigionieri entrarono in caserma portando i calderoni, la mano di Adams in tasca con il pacco che Marcel gli aveva dato tremava, stretta stretta tra le sue dita.

Aveva evitato di guardare la paglia dove giaceva Justin, assistito da Ed Cooper, che gli lavava le ferite sul viso e aveva messo un fazzoletto bagnato sull'occhio nero del suo compagno.

Com'era possibile che questo ragazzo, un bambino, avesse potuto denunciare Fells?

Rabbrividì.

Stavano dividendo il ranch e lui fece un gesto, indicando agli altri che sarebbe stato lui a prenderlo per tutta la squadra. I loro piatti erano stati tolti loro quando furono fatti prigionieri, ma c'erano abbastanza barattoli vuoti nelle baracche per tutti loro, e Shaw ei suoi ragazzi ne avevano preparato uno per ciascuno quando arrivarono.

Approfittando del fatto che i suoi soldati non lo stavano guardando, Adams versò metà della polvere nella pentola che apparteneva al giovane Selby, ma non poté fare a meno di una sensazione fastidiosa mentre lo faceva, sebbene potesse evitare il peggio dopo tutto se poteva esserne sicuro. L'innocenza di Justin.

Consegnò la barca a Orazio.

"E' di Selby" disse. Daglielo.

Poi si sedette in un angolo.

"Se Marcel non ha ragione", pensava, "uscirà con Justin ogni volta che va alle latrine..."

In che mondo orribile era finito?

Aveva persino dimenticato i propri problemi e si trovava, moralmente oltre che materialmente, a molte miglia da Londra. L'immagine di Deborah gli passò per la mente per un attimo, ma la respinse, mentre un insetto insistente e fastidioso lo schiaffeggiava.

Ma se Marcel avesse ragione?

Girò la testa, fissando il punto in cui Horace stava dando da mangiare a Justin, come se fosse un bambino.

"Siamo appena stati fatti prigionieri" si disse ": siamo stati qui solo un giorno, e l'odio, la vendetta, la morte, sono già presentati come personaggi importanti in questa tragedia. Non abbiamo sofferto abbastanza? Che tipo di orrori ancora aspettarci? Basta che un gruppo di uomini si riunisca perché la bestia si manifesti subito...?».

La sirena suonò allora.

Gli uomini si guardarono e alcuni iniziarono a protestare, poiché non avevano terminato la melma che contenevano le loro barche. Pochi istanti dopo, un soldato si sporgeva dalla porta, urlando:

"Raus!

"Vai!" Ha detto qualcuno. "Forse ci daranno delle sigarette e una tazza di caffè con il brandy...

Sono usciti tutti. Horace e Ed hanno aiutato Justin, che stava lottando. Gli uomini del campo si stavano radunando fuori, e quando furono in fila, il sergente Klossen li condusse al primo cortile, vicino alla porta che dava alla sezione delle baracche tedesche.

Peter Fells era lì.

Due soldati tedeschi lo hanno incastrato, fucili in mano. I riflettori proiettavano una luce dura sul campo, allungando drammaticamente le ombre, che erano dipinte in modo grottesco sul fondo sabbioso.

Adams guardò il giovane e vide che era a torso nudo e con la testa bassa. Una delle sue mani era appoggiata sul manico di un piccone. Accigliato, il sergente si mise in fila con gli altri, sull'attenti.

Poco dopo apparve l'Oberleutnant Slassen, voltandosi verso i prigionieri. Un sorriso cinico apriva leggermente le sue labbra. L'interprete gli camminava accanto.

"Sono contento" disse Heinrich, parlando lentamente e lasciando che l'interprete traducesse le sue frasi "di potervi offrire l'opportunità di vedere il trattamento che il nazionalsocialismo riserva ai cani ebrei. Perché quest'uomo, al quale abbiamo tolto il divisa che non meritava di indossare, ha combattuto contro la Germania, non come te, ma sperando di offenderci con la sua sporca presenza...

"Non puoi capire tutto quello che abbiamo dovuto sopportare per sbarazzarci di questa schifosa razza. Puzzavano le strade delle città tedesche quando tipi così potevano muoversi a loro piacimento, facendo affari favolosi quando il popolo tedesco era nel bisogno, sotto la miseria che ci era stata imposta con il "dictak" di Versailles...

"Loro, gli ebrei, si aiutavano a vicenda, occupandosi di tutto, fregandosene della miseria e della fame che soffrivamo. Alcuni di questi maiali hanno osato toccare le nostre donne, sorelle e fidanzate con le loro mani impure, approfittando della loro ricchezza.. .

Ma la Germania si è svegliata ed è ora pronta a spazzare via tutto ciò che puzza di ebrei! Non sono nemmeno degni dei nostri campi di prigionia! Ecco perché voglio che tu veda come mi preoccupo di impedire a questa razza immonda di mescolarsi con persone che contamina e corrompe.

Si rivolse con rabbia al soldato:

"Inizia a scavare, ebreo!

Klossen si avvicinò minaccioso a Peter, tenendo in mano una mazza del tipo che di solito portano i Guardiani.

Fells iniziò a scavare.

Una trincea lunga circa sei piedi e larga metà era stata segnata con il gesso. Raccolse la terra finché il bordo non arrivò all'altezza del petto.

Poi lo fecero salire.

La scarica del mitra di una delle guardie ha sorpreso tutti. Come spinto da una mano invisibile, Peter Fells si rialzò, poi si tuffò nelle profondità della sua stessa tomba, cosa che aveva fatto pochi istanti prima.

"Alla caserma! Rauss! Gridarono le guardie.

Ed e Horace hanno dovuto portare Justin.

Era svenuto.

Devo avere la febbre... pensò Adams.

Era disteso sulla paglia, avvolto in una di quelle sottili coperte di cotone che erano state loro distribuite e che odoravano di acido fenico, con cui probabilmente venivano disinfettati.

Rabbrividì ad ogni istante, ma la febbre "e lo sapeva benissimo" non era altro che una bugia destinata a ingannare la sua stessa coscienza, inorridita non solo da ciò che aveva visto all'inizio della notte, ma da quella veglia che imponeva se stesso, consapevole di tutti i suoni che gli venivano dal luogo in cui giaceva Justin Selby. "Come può essere possibile?" " si chiese.

Aveva ascoltato Justin, che si muoveva irrequieta da una parte all'altra sul suo letto di paglia. Lo sentì anche sospirare profondamente e immaginò facilmente la tortura che doveva subire quel povero ragazzo.

"Povero ragazzo?" "La voce arrabbiata della sua coscienza si è alzata". E Pietro? È morto in modo indegno, ignorando anche che era stato denunciato... che un collega, quasi un fratello, lo aveva denunciato...».

Gli faceva schifo dover pensare in quel modo e ora si ricordava delle parole di Marcel, quando si riferiva all'ebreo: "Sarebbe stato meglio se fosse morto per una pallottola, nella parte anteriore...". Quanto aveva ragione! Si è visto che il francese ha avuto un'esperienza che gli ha permesso di conoscere la verità, di intuire tradimenti dove Adams non l'avrebbe mai scoperto.

Sentì Justin sedersi, lamentarsi.

Poi la voce di Orazio lo raggiunse.

"Ti senti male, Selby?

«Un po'... credo che andrò alla latrina. Mi fa molto male la pancia...

"Ti accompagno. Stai a malapena in piedi.

Incapace di trattenersi, Shaw si mise a sedere, fissando Colton.

"Lasciami andare da solo, Orazio! Ha "urlato". Non sai che i tedeschi non vogliono vedere due prigionieri insieme?

Un sorriso triste apparve sulle labbra di Selby.

«Il sergente ha ragione, Orazio. Grazie lo stesso. andrò da solo.

"Ma riesci a malapena a stare in piedi!

"Ci penso io.

Ed Cooper si era svegliato e si era guardato intorno, con gli occhi spalancati ma assonnato.

"Qualcosa non va?" chiedo.

"No", rispose Orazio.

Justin stava camminando lentamente verso l'uscita del dormitorio. Seguendolo con lo sguardo, Adams non poté fare a meno di rabbrividire di nuovo. Seduto sulla paglia, Cooper sospirò.

"Non c'è niente da fare! "Ha detto". Non riesco a dormire... Fottuti bastardi! Poveri Fells!

"Canaglia! Confermato Orazio.

"Stai zitto! "Ruggì il sergente." Non agitarlo più! È morto e non possiamo fare nulla per lui ... Inoltre "il tono della sua voce si è un po' addolcito. Ora potrei credere in Marcel", voglio per dirti una cosa. Domani chiederanno di nuovo dei volontari. Voglio che ci presentiamo.

"Hey?" Cooper è rimasto sorpreso". Volontari per lavorare con quegli assassini? Sei impazzito, signore?

"Non dire sciocchezze! Hanno ucciso Peter, è vero... ma qualcuno lo ha denunciato.

Gli occhi di Orazio si spalancarono.

"Rapporto...?" chiese, incapace di credere a ciò che aveva appena sentito. "Chi può averlo fatto, sergente?

Shaw indicò la porta del dormitorio.

"Era Justin," disse, la sua voce attutita.

Lo guardarono, scioccati e inorriditi allo stesso tempo. Sam Blue si era svegliato e aveva sentito le ultime parole dei suoi compagni e del sergente.

"È impossibile! Ha protestato con veemenza.

"E' vero" rispose Adams. Justin voleva tornare in Inghilterra e, molto illuso, credeva che i tedeschi si sarebbero presentati a Londra come a Parigi.

"E i colpi, erano grazie?" chiese Orazio.

"L'hanno fatto per non destare sospetti tra gli altri prigionieri.

"Non posso crederci," assicurò Ed.

Chi sapeva che Peter era ebreo? chiese allora Sam. Non lo sapevo.

"Neanch'io", disse Cooper.

"Neanch'io" intervenne il maresciallo. Ma Justin deve saperlo. Peter aveva più confidenza con lui che con tutti noi.

"È vero..." rifletté Sam.

"No", rispose Ed. Ho letto che i nazisti sanno scoprire gli ebrei nello stesso modo in cui scopriamo un uomo di colore... Li annusano da lontano!

"Sciocchezze", ha risposto Shaw. Ciò avverrà nei casi in cui la fisionomia degli ebrei è ritratta fedelmente; ma, nel caso di Peter, non l'avrebbero mai scoperto. Fells doveva appartenere a una famiglia molto mista per la nostra razza.

Rimasero a lungo in silenzio; poi Orazio disse:

"Ci vuole molto tempo. Vado a vedere se gli è successo qualcosa. È così debole ed è così piccolo...

"Ancora! Ruggì il sergente.

"Ma...

"Non muoverti da qui" sospirò poi, abbassando gli occhi. C'è qualcosa che non posso spiegarti ora, ma che ti dirò domani. Dai, tutti a dormire.

Si rannicchiò nella squallida coperta e ricominciò a tremare.

Si sentiva infinitamente stanco, come se avesse appena percorso una strada senza fine, attraverso un paesaggio tetro e crudele. Era la prima volta in vita sua che si comportava in modo veramente sbagliato, poiché ascoltare se stesso avrebbe impedito a Justin di lasciare la caserma. Era stato lui a spingerlo nell'oscurità delle latrine.

La voce di Marcel le risuonò nelle orecchie.

Non preoccuparti, Adams. I miei ragazzi si prenderanno cura di lui. Tutto quello che devi fare è aggiungere queste polveri al loro cibo ... »

Rabbrividì di nuovo.

"Ho la febbre..." "Pensò.

CAPITOLO V

Il 10 giugno 1940 la situazione sul fronte francese era ovviamente caotica. Le avanguardie tedesche occuparono una vasta area che si estendeva da Dieppe, lungo l'Atlantico, a Montmedi, al confine con il Belgio. Forti colonne motorizzate tedesche avanzano rapidamente verso Rouen. Un altro è riuscito ad attraversare Beauvais e si sta precipitando, a tutta velocità, verso la confluenza della Senna e dell'Oise, già a pochi chilometri da Parigi. Sull'ala sinistra dell'avanzata tedesca, i carri armati stavano combattendo intorno a Soissons e più a est, Reims stava già tremando al passaggio dei carri armati d'assalto del Terzo Reich.

I francesi chiamavano la loro guerra, che in fondo non era che una battaglia di quaranta giorni, con un aggettivo particolare: "drôle". Il significato di questa parola ne offre molti altri e si può dire che sarebbe tradotto con "divertente", "ridicolo", "strano" e altri ancora. La realtà era che c'era solo una resistenza parziale all'avanzata tedesca e che ben presto, dal crollo del Belgio, la sconfitta alleata era precipitata e non c'era più niente da fare.

Mancavano due giorni alla catastrofe finale.

Ma quella mattina del 10 giugno, un uomo di nome Paul Sermaint, sulla quarantina, partiva completamente solo in macchina, diretto da Parigi alla città di Orleans. Se si fossero analizzate le idee di quel curioso personaggio, si sarebbe visto che la sconfitta del suo paese, già chiaramente definita, non contava esageratamente per lui. Problemi più oscuri e problemi molto più vasti per lui lo preoccupavano in quel momento. Per questo, appena giunto a Orleans, si recò in una delle caserme dove c'erano ancora soldati che non erano saliti al fronte. Era un reparto di furiere in cui trovò presto l'uomo che stava cercando. Marcel Santais.

Né gli costò molto ottenere un permesso dal capo della compagnia a cui apparteneva il colosso e, mezz'ora dopo il suo arrivo in città, partirono entrambi in macchina, senza schiudere le labbra finché non si incontrarono sul strada che stava guidando. verso sud, sulla strada per Poitiers.

"Mi sarebbe piaciuto trovarne qualcuna in più", disse Paul, lanciando un'occhiata al suo compagno, ma osservando allo stesso tempo la strada. "Ma non è stato possibile. Dovrai farlo da solo.

"Di cosa si tratta?

Sermaint non rispose, per il momento.

La strada era piena di veicoli di profughi in fuga da Parigi. Aveva superato il formidabile torrente di persone che, anche dal Belgio, attraversava la Francia in quei giorni di smarrimento e terrore. Ma quando hanno saputo che i tedeschi si stavano avvicinando alla capitale francese, centinaia di persone hanno lasciato le loro case, prendendo solo il necessario e formando quelle lunghissime carovane che la polizia militare ha cercato di incanalare, in modo che lasciassero il posto ai camion dell'esercito che stavano salendo a Parigi. .

Ma Paul, che taceva ancora, mostrò poi di conoscere perfettamente il paese, poiché prese una strada secondaria e riuscì a premere l'acceleratore, fregandosene di dover percorrere una distanza maggiore, perché sapeva che avrebbe raggiunto Poitiers molto prima che se avesse seguito la folla. imponente delle persone che sono fuggite e i cui veicoli hanno quasi completamente chiuso la strada.

Quando fu in grado di normalizzare la macchina, continuò a parlare:

"È qualcosa di molto importante, compagno. Devo tornare a Parigi il prima possibile, ma ti lascerò vicino al luogo dove dovrai svolgere il tuo lavoro il prima possibile.

"Spero che mi spieghi di cosa si tratta.

"Sì. Te lo dico io. C'è vicino a Poitiers, in una miniera abbandonata, una casa ideale dove l'esercito ha stabilito un deposito, molti mesi fa. Armi, munizioni e granate in quantità incalcolabili. Un vero tesoro.

"Ovviamente.

"La maggior parte degli uomini che hanno spostato tutto ciò nella miniera abbandonata sono al fronte. Alcuni saranno stati prigionieri e altri saranno morti. Comunque è quasi certo che abbiano dimenticato il lavoro che hanno fatto durante tutto quel periodo che è passato dalla nostra dichiarazione di guerra all'offensiva tedesca. Ovviamente ora c'è una piccola guarnigione a guardia del magazzino.

"Quanti?

«Cinque uomini e un sergente di nome Courmont. Ho cercato di analizzare che tipo fossero, ma le segnalazioni che ho ricevuto non sono state per nulla soddisfacenti.

"Cosa intendi?

«Che è, per quanto riguarda questo Courmont, un vecchio militare. Ha anche parlato di far saltare in aria il deposito, se riceve l'ordine di consegnarlo al nemico.

" Come è divertente!

«E non possiamo permetterlo, Marcel. Stiamo attraversando dei momenti davvero importanti. Sai già che voglio portare avanti l'organizzazione di un gruppo di resistenza e che queste armi possono essere preziose per noi. Pertanto, dobbiamo coglierli, sia come sia.

"Non stai pensando di portarli fuori dal magazzino, vero?

"Non sono abbastanza pazzo per questo. Quello che voglio è che tu finisca quel piccolo contorno. Ho pensato a te ed ero contento che non fossi ancora salito al fronte. Non ho potuto dimenticare che tu eri l'istruttore di distruzioni e colpi di mano nella nostra cella.

Marcel Santais sorrise.

"Grazie mille" disse più tardi. Non preoccuparti, Paolo. Io gestirò.

"Non pensi che ti lascerò andare a mani nude, vero?

"Ovviamente.

"Nel retro della valigia ci sono armi ed esplosivi, così puoi fare bene il tuo lavoro. Il luogo dove si trova quella vecchia miniera abbandonata è l'ideale per un attacco. C'è una piccola stazione di fronte, che non viene utilizzata da nessuno. I binari della ferrovia sono coperti di terra e i treni non circolano da secoli.

"Come portavano le munizioni allora?

"Con i camion. Guarda, siamo vicini...

Il paesaggio offriva infatti caratteristiche desertiche. Una serie di brulle colline formavano un piccolo nucleo montuoso e non ci volle molto, seguendo la strada, per scoprire la vecchia ferrovia abbandonata e inutile che sprofondava in quelle colline. Sermaint fermò il veicolo e scese, seguito dal suo compagno.

"E' lì" disse, indicando la curva che il binario del treno stava tracciando. Non dovremmo avvicinarci ora.

"Essere d'accordo.

Poi tornarono sul retro della macchina e Paul aprì la valigia, tirando fuori un mitra e dei candelotti di dinamite, oltre a delle bombe a mano. Posarono il piccolo arsenale vicino alla grondaia e poi Sermaint, fissando il suo compagno, disse:

«I candelotti di dinamite servono per far saltare in aria l'ingresso. Ti ho portato un piccolo piano in modo che tu sappia dove posizionare i carichi. Una grande massa di terra cadrà e tutto sarà nascosto.

"Quei ragazzi sono dentro la miniera?

"No" sorrise l'altro. Te l'avrei detto prima. Vedo che hai avuto una grande idea, vero?

Anche Marcel sorrise.

"Non sarebbe stato male far saltare in aria l'ingresso e lasciarli dentro. Dopotutto, devono morire ...

"Ma non è possibile farlo. Hanno costruito una piccola baracca all'ingresso. Non appena fa buio, puoi avvicinarti e ucciderli. Il resto sarà facile.

"Inteso.

«Quando hai finito, puoi tornare a Parigi. Sai dove puoi trovarmi.

«Va bene, compagno Sermaint.

"Buona fortuna a te.

"Grazie.

Pochi istanti dopo, Paul Sermaint salì in macchina e la girò, allontanandosi lungo la strada polverosa.

Marcel Santais è rimasto solo.

Accendendosi nervosamente una sigaretta, il sergente Courmont si voltò verso Pierre al suo fianco.

"Fa schifo sentire la radio", ha detto.

"Certo. Per questo l'ho chiuso. Anche" aggiunse il soldato, accigliato, "non riesco a smettere di pensare al mio.

"Vivono a Parigi, giusto? Chiese il sergente.

"Sì signore. E sono soli. Mia moglie, i miei due figli e la mia vecchia madre...

"Speriamo che i tedeschi non entrino a Parigi.

«È un'illusione, signore. Maledetta guerra!

"Non avrei mai creduto che le cose andassero così male per noi", continuò Courmont, come parlando da solo. È un peccato che ci abbiano sconfitto in questo modo.

"Volevo chiedere una cosa" disse il soldato, fissando il suo superiore.

"Di cosa si tratta?

"Non potresti darmi un permesso, tra un paio di giorni? Andrei a Parigi e tornerei subito. Comprendi la mia impazienza, sergente...

Coumont annuì.

"Te lo darò, ragazzo. Spero solo che ci dicano qualcosa su questo deposito di munizioni. Se dobbiamo farlo esplodere, lo faremo e ce ne andremo. Morirei di vergogna se ci costringessero a consegnarlo ai nazisti.

"Pensi che ordinerebbero una cosa del genere?

"Chiunque lo sa!

Il resto del plotone era all'interno della seconda stanza che aveva la caserma. Pierre, che era stato il primo di guardia, rimase con il sergente, poiché da qualche notte non riusciva quasi a dormire.

Era profondamente preoccupato.

Non riusciva a capire, per quanto ci pensasse, come non avessero usato quel formidabile arsenale nella miniera abbandonata. Aveva sentito alla radio che i capi francesi si lamentavano della mancanza di equipaggiamento, eppure c'erano munizioni e armi lì per quasi una divisione. Non poteva avere il minimo dubbio che il tradimento si fosse annidato, fin da prima della guerra, tra gli alti comandi ai quali era stata affidata la difesa della patria.

E questo lo rendeva frenetico.

Francese al cento per cento, Courmont sconfessava silenziosamente quando aveva il compito di sorvegliare il deposito. Avrebbe voluto andare al fronte, combattere il nemico, come tanti altri avevano fatto. Ma, allo stesso tempo, uomo disciplinato e obbediente, soffocò la voglia di combattere e strinse i denti, ma sempre aspettando il momento in cui sarebbe stato chiamato per andare a combattere.

La notte era scesa completamente sulle colline spoglie, coprendole di un'intensa oscurità. Courmont e i suoi uomini si erano abituati al silenzio impressionante che regnava nella regione lontana da dove si trovava la miniera. E se non fosse stato per la stanchezza delle guardie, sarebbero rimasti, come durante il mese di maggio, sdraiati fuori, sul sottile strato d'erba vicino alla ferrovia, a dormire sotto il tappeto luminoso delle stelle.

In quei momenti, non potevano immaginare che un uomo stesse avanzando, carico di odio, verso la caserma. Erano così sicuri di non essere disturbati da nessuno in quel luogo isolato che la guardia si ridusse, in realtà, a una permanenza all'interno della caserma, un modo per adempiere in qualche modo alla disciplina militare, anche se senza molto entusiasmo.

Chi potrebbe perdersi in quei luoghi selvaggi e abbandonati?

Marcel Santais avanzò lentamente verso la miniera. Lasciata da parte la baracca, la cui finestra illuminata gli mostrava che qualcuno era sveglio, si recò all'ingresso del deposito di munizioni e vi portò i candelotti di dinamite che gli aveva regalato il collega Sermaint.

L'oscurità era così intensa che, per il momento, non riusciva a distinguere la forma precisa dell'ingresso della miniera. Ma questo gli importava poco. Aveva pianificato di farsi esplodere non appena l'alba, ma prima doveva fare il lavoro principale: eliminare la fastidiosa guarnigione che doveva essere stata uccisa con la forza in modo che nessuno sapesse cosa era stato nascosto lì.

Non aveva rimpianti per aver dovuto uccidere dei compatrioti.

La disciplina di partito era diventata per lui una seconda natura e riteneva che gli ostacoli al progresso dell'organizzazione dovessero essere rimossi, in qualsiasi modo, senza fermarsi a pensare alle conseguenze personali per chi dovesse cadere. nella lotta silenziosa per un potere che, con la vittoria tedesca, sembrava più lontano che mai.

Muovendosi nel silenzio più assoluto, si avvicinò alla porta della baracca e vi si aggrappò, ascoltando parte della conversazione che il sergente e Pierre stavano avendo in quel momento. Un sorriso feroce apparve sulle sue labbra quando si rese conto che erano completamente ignari del pericolo che correva su di loro. Era facile capire che quegli uomini, annoiati dalla lunga permanenza in quel luogo sperduto, erano assolutamente sicuri che lì non apparisse nessuno. E questo avrebbe facilitato in un certo modo i sinistri piani di Santais.

La sua mano destra sfiorò leggermente la maniglia, controllando, con un movimento delicato e sottile, che non fosse completamente chiusa. Poi, brandendo con forza il mitra, diede un calcio formidabile alla porta, che si spalancò. Era abituato a questo modo di agire e non concedeva al sergente e all'uomo che parlava con lui il minor tempo di reagire.

Il mitra gli saltò in mano all'uscita dei proiettili e si accorse subito di non aver perso la mira, poiché i due uomini che si voltarono verso di lui, sorpresi più che spaventati, giacevano a terra, sanguinanti ferite. che i proiettili avevano prodotto.

Qualcuno gridò dietro la porta in fondo alla stanza e Santais avanzò, a tutta velocità, bussando di nuovo allo stesso modo in cui aveva fatto con la porta d'ingresso. C'erano quattro uomini, che si precipitavano in piedi, gli occhi ancora socchiusi dal sonno.

Ha sparato di nuovo.

I soldati francesi caddero, contorcendosi, incapaci di fare nulla per impedire questa morte così inaspettata. Vedendo che uno di loro era ancora vivo, Marcel gli si avvicinò e, con tutto il suo sangue freddo, mise la canna del mitra a meno di dieci centimetri dal viso di quello sfortunato. Poi ha premuto il grilletto e poi ha dovuto ritirarsi in modo che la massa cerebrale dell'uomo non gli schizzasse la faccia.

Era tutto finito.

Pensando alle precise istruzioni che gli aveva dato il compagno Sermaint, trovò delle taniche di benzina e diede fuoco alla caserma, con dentro i cadaveri. La cosa migliore è che non c'era traccia apparente che ci fosse stata una guarnigione lì, qualcosa che potesse far pensare ai tedeschi dell'esistenza del deposito di munizioni e armi. Quindi, verificando che la luce del fuoco illuminasse ampiamente l'ingresso della miniera abbandonata, prese dalla tasca la mappa che Paolo gli aveva dato e posò le cariche nei luoghi che Paolo gli aveva indicato. Diverse tonnellate di terra stavano per cadere, bloccando l'imboccatura della miniera e nascondendo così, fino al momento preciso, un tesoro che si sarebbe potuto tradurre in un'ulteriore vittoria, quando le forze di resistenza fossero state opportunamente organizzate.

Molto prima di quanto avesse immaginato, grazie alla luminosità fornita dal fuoco, Marcel Santais fece saltare le cariche di dinamite e risalì la strada, dirigendosi verso la strada che lo avrebbe portato, più tardi, in qualsiasi punto da dove potrebbe trasferirsi a Parigi.

Ma anche le cose non stavano come pensava.

Appena entrato nella capitale francese, otto ore dopo, fu arrestato da una pattuglia tedesca che lo disarmò e senza poter raggiungere la casa di Sermaint, lo condussero su dei camion dove, con centinaia di altri prigionieri, lo portarono al nord , facendolo penetrare in territorio tedesco per finire dietro il filo spinato dello Stalag XXIII.

La fonderia gestita da Funker si trovava a una decina di chilometri a nord del campo di prigionia.

La Mercedes dell'Oberleutnant Heinrich Slassen si fermò davanti alla porta d'ingresso e l'autista si precipitò fuori dal suo posto, aprendo la portiera al suo superiore. Salì i gradini ed entrò nell'ampio corridoio, dove già lo aspettava la segretaria di Funker. I due uomini si strinsero la mano, poi si diressero verso l'ufficio di Funker, dove il segretario lasciò il militare.

Funker era un uomo alto e magro sulla cinquantina. I capelli biondi che un tempo gli coprivano il cranio erano quasi completamente spariti e il cuoio capelluto bruciato dal sole risplendeva brillantemente. Aveva una fronte ampia, che sembrava molto più grande per la calvizie, e occhi azzurri, infossati in orbite scure che gli davano un certo aspetto cadaverico. Era vestito adeguatamente e si alzò dal suo ufficio per incontrare l'Oberleutnant, di cui strinse saldamente la mano.

"Ti stavo aspettando", disse. Siediti perfavore. Una sigaretta?

"Grazie" accettò l'ufficiale.

Ossequioso, mentre Heinrich fumava avidamente la sigaretta turca che gli aveva regalato, Funker si avvicinò a un mobile bar e preparò due bicchieri di vero brandy francese. Ne collocò uno lungo il bordo del tavolo, vicino al posto dove sedeva l'ufficiale, e poi, prendendo l'altro con entrambe le mani, lo fece ruotare, scaldando il liquido ambrato mentre andava a sedersi dall'altra parte dell'enorme tavolata. ufficio.

"Lo hai già fatto? Chiese, con voce mielata.

"Certo, signore", mentì l'ufficiale. Prima ho fatto una piccola prova, chiedendo dei volontari, per vedere il risultato che ho ottenuto trattando quei maiali come se non lo meritassero. Ovviamente nessuno si è presentato. Ma questo è facilmente spiegabile. Sono prigionieri da pochissimo tempo e non si sono ancora abituati ai doveri che hanno nei confronti del Paese che li ha catturati.

Funker si accigliò.

«Ho bisogno di te, Oberleutnant. Vedrai di persona, tra qualche istante, la mia situazione attuale nella sala della fonderia. Le mie squadre di lavoratori sono rimaste in quadri, poiché molti sono andati al fronte. Inoltre, parlando francamente, preferisco che il lavoro pericoloso sia svolto da quei prigionieri e che preservino, a tutti i costi, la salute e l'integrità fisica dei nostri lavoratori tedeschi. Non sei d'accordo con me su questa disposizione?

"Certo signore. Quello che succede a quei maiali mi preoccupa poco.

Funker sorrise.

«Vieni con me adesso, tenente. Ti insegnerò qualcosa di divertente.

Uscirono dall'ufficio e proseguirono lungo un lungo corridoio che conduceva a una specie di gazebo, completamente ricoperto di vetro. Da lì, ai piedi degli osservatori, si scorgeva una stanza molto ampia, un lato del quale era completamente occupato dagli alti forni di fusione. Il caldo doveva essere insopportabile in quella stanza, dal momento che i pochi uomini che lavoravano erano in pantaloncini corti e avevano il resto del corpo nudo. Le loro schiene brillavano accese di sudore e, di tanto in tanto, dal fondo dei forni sgorgava una lucidità rossastra, che sottraeva all'insieme un aspetto che ricordava indiscutibilmente l'inferno dantesco.

"Dev'essere un duro lavoro", ha affermato l'Oberleutnant.

"Non solo", ha risposto Funker. Il vero problema arriva quando i forni devono essere "sfiatati". Sebbene la struttura sia abbastanza moderna, non abbiamo abbastanza attrezzature per proteggere gli uomini e molti di loro subiscono gravi ustioni. La cosa brutta di tutto "ha aggiunto, dopo una breve pausa" è che dobbiamo lavorare giorno e notte, senza poterlo evitare. Vi ho già detto che parecchi dei miei lavoratori si sono uniti ai ranghi e attualmente combattono in prima linea. Per questo quegli uomini "e indicò la stanza" sono quasi completamente sfiniti.

"Domani avrà tutti i lavoratori di cui ha bisogno, signor Funker" assicurò l'ufficiale. Non appena sarò in campo, metterò insieme le squadre necessarie. Quale sarebbe il numero della prima spedizione?

«Mi basterebbero circa duecento, per il momento. Naturalmente "e sorrise in modo cinico", se mi garantisci di coprire le vittime che si verificano.

"Ovviamente.

"Allora va bene. Torniamo in ufficio.

Una volta seduti di nuovo, Funker dopo aver servito generosamente il brandy francese che teneva nel suo mobile bar, si avvicinò al tenente e, sorridendo, disse:

«Ti darò duemila marchi alla settimana, Oberleutnant. Sembra buona?

Slassen si leccò le labbra prima di rispondere.

"Magnifico, signore. Grazie mille.

«Devo darglieli, tenente. Mi tirerà fuori da un vero vincolo.

"Dobbiamo lavorare tutti, a modo nostro, per la marcia dell'Industria bellica nel nostro Paese.

"Evidentemente. Ora, più che mai, dobbiamo raddoppiare lo sforzo e produrre il più possibile. Se leggete i rapporti di Berlino, rabbrividireste nel vedere le richieste che sono in tutti loro. Sono sicuro che i grandi eventi sono in lavorazione ed è per questo che hanno bisogno di una quantità di materiale davvero favolosa.

"La guerra è appena iniziata" sorrise il tenente. Mi aspetto grandi sorprese anche in Europa e, francamente, quella che aspetto di più è lo sbarco in Inghilterra.

"Il giorno in cui annienteremo Albion", disse Funker, con gli occhi lucidi, "avremo a nostra disposizione un'industria pesante importante quasi quanto la nostra. A questo punto saremo praticamente invincibili.

Slassen si alzò in piedi.

"Ora, con il suo permesso, signor Funker, andrò in pensione. Ho lavoro nel campo.

"Perfettamente, mio caro amico. E se hai bisogno di qualcosa, non esitare a venire, con la certezza che se è alla mia portata, te la fornirò immediatamente con il più grande piacere.

«Molto grato, signore.

"Ci vediamo domani allora.

"Ci vediamo domani.

Pochi istanti dopo, la Mercedes dell'Oberleutnant lasciò la fabbrica e si diresse verso il campo.

Sorridendo, comodamente seduto sul sedile posteriore dell'auto, Henrich Slassen fece i calcoli di tutti i soldi che avrebbe ricevuto nei mesi successivi. Sperava di ottenere molto di più, tuttavia, poiché i bisogni di Funker aumentavano. Era la fortuna, l'oca che deponeva le uova d'oro che il destino aveva posto, graziosamente a portata di mano.

CAPITOLO VI

Appena entrati in campo, Slassen si accorse immediatamente che stava accadendo qualcosa di strano.

Quando scese dall'auto, il sergente Klossen si mise sull'attenti prima di lui.

"C'è qualcosa che non va, Dietrich? Chiese l'ufficiale, incapace di nascondere la sua preoccupazione.

«Hanno ucciso il ragazzo che è venuto prima di lei ieri, Herr Oberleutnant», replicò Clossen. Quei maiali l'hanno macellato nelle latrine.

Per un momento Henrich fu sopraffatto dalla rabbia. Ma poi, piano piano, la luce si è accesa nel suo cervello e si è persino fatto salire un sorriso sulle labbra.

"Va bene, Klossen" disse. Sto andando nel mio ufficio. Ordina a tutti i prigionieri di allinearsi nel solito modo.

Prima di raggiungere l'edificio in cui abitava, udì i fischietti che chiamavano i prigionieri, e poi il rumore attutito della gente che usciva dalla caserma, dall'altra parte della seconda fila di filo spinato. Nel suo ufficio non fece altro che raccogliere gli elenchi di tutti i reclusi nel suo Stalag, uscendo poi per scoprire che tutti i prigionieri erano già, nella via centrale del campo, allineati lungo le baracche.

L'interprete, come sempre, si avvicinò a lui, pronto ad assumere l'incarico. Ma questa volta, Slassen gli fece un gesto, dicendo più tardi:

"No, non ho bisogno di te ora. Gli parlerò personalmente.

«Come desidera, Herr Oberleutnant.

Passò per primo tra i ranghi, fissando gli uomini che non abbassavano mai lo sguardo. Era un atteggiamento di sfida, probabilmente perché già sapevano o immaginavano che si sarebbero vendicati per la morte del boccino, assassinato quella notte nelle latrine.

"Ti sbagli" pensò il tenente. Ma ti mostrerò come domare la plebaglia della tua classe...»

Si posizionò grossolanamente al centro della formazione e alzando la voce disse:

"Non so assolutamente nulla di quello che è successo la scorsa notte e la verità è che nemmeno a me interessa. Ma voglio avvertirvi che mi ci vorrebbe pochissimo per trovare il colpevole. Anche se, in fondo, disprezzo anche le spie e, in fondo, credo che avrei fatto come te, se fossi stato al tuo posto. Ma lasciamo perdere. Vado a chiedere di nuovo volontari per un lavoro di grande importanza, in una fabbrica vicina. Chi accetterà avrà un trattamento generale più alto di chi resterà. Voglio fare prima un'osservazione: voglio uomini forti, disposti ad assolvere al compito che viene loro imposto.

Fece una pausa.

"Certo che questa richiesta di volontari" ha continuato dicendo "sarà un po' particolare. Ma questa è una sorpresa per dopo. Adesso chi vuole lavorare si faccia avanti.

Era assolutamente sicuro che non avrebbe ottenuto alcun risultato in quel modo. Per questo fu il primo a stupirsi nel vedere una ventina di uomini che si facevano avanti, facendo quel passo avanti e staccandosi, quindi, dalla linea generale che rimaneva immobile.

Piacevolmente sorpreso da questa dimostrazione di ostinazione, disse:

"Magnifico! Vedo che ci sono, tra questo branco di maiali, uomini veri che conoscono le loro responsabilità. Feldwebel Klossen!

Arrivò il sergente, in piedi sull'attenti dell'ufficiale.

" Si signore!

"Prendi attentamente i nomi di tutti quei prigionieri e il loro numero. D'ora in poi saranno considerati nostri amici e gli affideremo incarichi speciali, facendoli quasi tutti capisquadra. So anche essere grato. Ora portali nell'altra parte del campo.

"Si signore.

I volontari formarono una linea e si diressero dietro al sergente verso il filo spinato che divideva il campo in due parti relativamente uguali. Tra loro, ovviamente, oltre a Marcel e al suo partito politico, c'erano il sergente Shaw ei membri del suo plotone. Adams aveva riflettuto sulle parole di Marcel e, senza poterle comprendere fino in fondo, aveva concluso che gli conveniva, almeno per il momento, seguire le indicazioni di quel misterioso francese.

Dopo che i volontari furono scomparsi dietro i cavalli che fungevano da cancelli nel filo spinato, l'Obertleutnant disse:

"E ora, la sorpresa che ti avevo annunciato pochi istanti fa. Dimmi, Feldwebel!

Il sergente obbedì, avvicinandosi a una delle file e cominciando a contare mentre passava davanti agli uomini:

"Uno due tre...

I prigionieri rimasero immobili.

"... Quattro cinque sei sette...

Immobile, ma con gli occhi lucidi, il tenente osservava con attenzione l'avanzata del sergente.

"... Otto... Nove... DIECI... Tu, fuori dai binari!

Il conteggio fu ripetuto, ma quando fuori c'erano già cinque uomini, il tenente gridò:

" Alto!

Poi diede ordini rapidi in tedesco e il sergente fece segno, ordinando a due dei soldati, armati di mitra, di avvicinarsi a lui. Quando furono accanto al gruppo di prigionieri che era stato rimosso dai ranghi, il sergente disse:

"Avanti, verso il basso!

L'ampia strada delimitata dalla caserma terminava, nella parte più orientale del campo, in un alto muro la cui origine era inspiegabile per i prigionieri. Ben presto i cinque prescelti furono in quel luogo e allora sì non c'era più dubbio per chi lo osservava e che non poteva fare a meno di rabbrividire dalla testa ai piedi.

Né i cinque disgraziati si sbagliavano sulle intenzioni dei tedeschi. Ma rimasero, ove possibile, calmi, mordendosi forte le labbra anche se i loro volti erano sbiaditi in modo intenso.

"Alzati al muro! Glielo disse il sergente.

Non capivano una sola parola di quello che parlava il tedesco, ma non era necessario. Ubbidirono, strascicando i piedi, abbassando il capo, non osando guardare i compagni che, da lontano, seguivano angosciati la scena. Non c'era nemmeno bisogno di seguire il noto processo delle esecuzioni. Il sergente si era appena allontanato dal fronte dei due soldati, che la sua voce risuonò come un colpo di frusta:

"Fuoco!

I mitra abbaiarono e gli uomini caddero, ammucchiandosi uno sopra l'altro. Un brivido generale percorse le lunghe file di prigionieri.

Pochi istanti dopo, il Feldwebel si schiera davanti al suo superiore.

"Ordine eseguito, signore!

Slassen annuì, poi alzò la voce per dire:

"Chiederò di nuovo volontari. Ma se rifiuti, decimerò seriamente i tuoi ranghi. Inteso?

Nessuno gli ha risposto.

"Chi vuole lavorare in fabbrica, faccia un passo avanti.

I ranghi si mossero all'unisono. Tutti avevano obbedito, con un brivido di orrore, per l'inaudita crudeltà.

"Mi piace di più" disse l'Obertleutnant, sorridente e gioioso per la vittoria ottenuta ". Ma non ho bisogno di tutti voi. Il sergente ne selezionerà circa duecento che domattina alle cinque si dirigeranno verso i camion per essere portato in fabbrica. Si rivolse al sergente e aggiunse, in tedesco: "Scegli il più forte, Klossen. Poi ho ordinato di rompere i ranghi.

"Si signore!

Il primo gruppo di volontari era stato confinato in una caserma, accanto alla seconda fila di filo spinato, in un luogo privilegiato. Marcel fu il primo ad essere sorpreso di vedere che ora avevano delle stuoie per dormire e che l'interno delle baracche non offriva la vista pietosa che offriva il resto del campo. Rivolgendosi ad Adams Shaw, disse, con un sorriso trionfante sulle labbra:

"Vedi che non mi sbagliavo, amico. Felice che tu abbia seguito le mie istruzioni?

"Sì. Avevi ragione, Marcel. Sei in questo campo da molto tempo?

"Circa tre mesi. Ma basta per avere più esperienza di te. Voglio parlarti, vieni in fondo alla caserma. Ci sistemeremo su quei due materassini...

Adams lo seguì e quando si furono sistemati, ben lontani dal resto degli uomini che, ancora eccitati per lo sparo che avevano visto da lontano, si lasciarono cadere in silenzio sulle loro stuoie, Adams tirò fuori di tasca un pacchetto di sigarette e gli porse uno al sergente. Britannico.

"Questa è solo la prima parte del piano", ha detto.

"Cosa intendi?

"Che tutto questo ha lo scopo di tirarci fuori di qui. Non l'hai immaginato?

"Sospettavo qualcosa, ma non tutto.

"Vedrai. Non posso restare qui, amico Shaw. Ho un grande dovere nel mio paese e devo tornarci, qualunque cosa sia.

"Pensi che ce la faremo?

"Certo. Mi hai lasciato organizzare le cose. Te l'avevo già detto che da quando ti ho visto mi piacevi. Sei il tipo d'uomo con cui si è al sicuro. Non importa che tu non abbia le mie idee. A poco a poco poco, mentre ci guardi lavorare, ti convincerai che il Partito è l'unica cosa che conta. E ora ti dico un'altra cosa: In Francia ci aspettano. Più avidamente di quanto immagini. Perché ci sono molti , tanti uomini che, a malapena senz'armi, devono combattere contro i nazisti. Vi spiego perché...

Le raccontò, a modo suo, gli eventi che avevano preceduto la sua cattura a Parigi. Gli parlò di questo colossale deposito di armi e munizioni e poi lo informò di aver sentito, sul campo, che il compagno

Paul Sermaint era stato ucciso all'inizio dell'occupazione di Parigi. Questo lo ha reso l'unica persona che conosceva l'ubicazione del deposito di armi e munizioni.

"Ti rendi conto ora? Indagò, fissando il suo interlocutore.

"È molto interessante", ha risposto Shaw.

"Ovviamente è. Ci sono centinaia di compagni che aspettano quelle armi. Il deposito è davvero favoloso. E non credo che nessuno ci aiuterà, almeno per il momento. Gli inglesi sono molto impegnati e purtroppo l'Unione Sovietica è troppo lontana per aiutarci. Ecco perché dobbiamo dimostrare di essere capaci di dare un serio dispiacere a quei cani nazisti.

"Conta su di me.

"E con i tuoi uomini?

"Anche. Sono tutti bravi ragazzi e sono abituati a combattere.

"Tutti... tranne quel porco di Justin Selby.

Adams Shaw, incapace di trattenersi, sentì un sapore amaro in bocca.

"Era un povero bastardo..." osò dire.

L'altro scrollò le spalle.

"Era un maiale, una spia, il peggio che un uomo possa essere in questa vita. Sai chi gli ha tagliato la gola?

"Non.

"Sono stato io, personalmente. Quei ragazzi mi fanno schifo!

Ma Shaw ricordava Selby in modo diverso. Nella sua immaginazione c'era l'immagine di quel povero ragazzo, timido, pieno di paura, che aveva commesso l'errore di presentarsi, sicuramente, a sorpresa ed essere ammirato dai ragazzi del quartiere dove abitava. Certo, aveva denunciato Peter Fells e aveva pagato con la vita il tradimento della sua compagna.

Fissò il francese.

"Hai fatto bene" disse. Fells era anche un ragazzo eccellente.

Marcel gli diede una pacca amichevole sulla spalla.

«Vedo che impari in fretta, Shaw. Sarai il mio braccio destro. E vedrai quando potremo affrontare i nazisti, faccia a faccia. Poi pagheranno per tutto quello che hanno fatto. Sarà una lotta spietata, una battaglia senza sosta finché il mondo non si renderà conto che non c'è altra via d'uscita che quella trovata, dopo la prima guerra mondiale, dal popolo dell'Unione Sovietica.

Il mattino dopo, prima dell'alba, dieci grossi camion lasciarono il campo e presero la strada che portava alla fabbrica Funker.

Prima di partire era stata offerta loro una colazione davvero straordinaria rispetto all'acqua nera e al pane dello stesso colore a cui erano abituati tutti i giorni. Distribuirono perfino delle sigarette tra i prigionieri volontari e tra loro c'era una certa gioia che era macchiata solo dal ricordo dei loro compagni fucilati il giorno prima.

All'arrivo in fabbrica, l'interprete, che ora accompagnava Feldwebel Klossen, distribuì le squadre e quasi tutti i prigionieri furono indirizzati verso la stanza della fonderia.

Altri si recavano al terminal ferroviario per scaricare i rottami che poi sarebbero stati fusi e trasformati in metallo adatto alla costruzione di armi e macchinari da guerra.

Marcel e Adams furono assegnati, come capisquadra, alla stanza della fonderia. Si resero presto conto della pericolosità di quel lavoro e, soprattutto, del caldo orribile che vi regnava. La fabbrica non era proprio un modello da esibire per esemplificare il suo genere. Era un vecchio edificio che era stato utilizzato per quegli scopi e che non aveva nulla di paragonabile alle strutture molto moderne situate in altre parti della Germania. C'erano tre altiforni modello classico e cinque convertitori Bassemer moderni, con la loro caratteristica forma a pera e i perni su cui ruotavano per versare il metallo fuso, a differenza degli altiforni di tipo classico, in cui era necessario effettuare il "Bleeding"; cioè aprire il cancello inferiore in modo che il metallo possa uscire allo stato liquido.

Il suono che dominava completamente la stanza era il rombo del passaggio dell'aria compressa, nei convertitori Bassemer, che penetrava negli ugelli per produrre la giusta ossigenazione.

Distribuita l'attrezzatura, i due nuovi capisquadra ebbero il tempo di allontanarsi un po' dal caldo torrido che usciva dai forni e dai convertitori, in piedi a un'estremità della stanza.

"Ora capisco perché avevano bisogno di volontari" ha detto Adams, con un tono triste nella voce. Questo è disumano!

"Non è una meraviglia di fonderia" rispose il francese sorridendo. Ma non dimenticare che qui lavoravano lavoratori tedeschi.

"Ma sicuramente non in queste stesse condizioni.

"Certo. Comunque non dovresti preoccuparti troppo. Quello che conta è il nostro piano.

Per la prima volta dall'incontro con Marcel, Shaw si chiese se avesse sbagliato a unirsi all'uomo. Stava cominciando a rendersi conto che nulla contava per il suo partner tranne i suoi scopi. No, certo gli sarebbe piaciuto lavorare con altri, fare gli stessi sacrifici e le stesse pene. E si accorse che la sua posizione di caposquadra cominciava a infastidirlo seriamente.

Ma allo stesso tempo, l'idea di Marcel, destinato a raggiungere la Francia, lo riempiva di una gioia irresistibile. Capì tutto il bene che poteva fare quando stavano combattendo i tedeschi. Quello era senza dubbio il ruolo che gli era destinato. E ricordando tutte le sofferenze di quel lunghissimo ritiro, dal Belgio a Dunkerque, arrivò alla logica conclusione che Marcel Santais aveva ragione a pensare solo al modo per arrivare, ancora una volta, a imbracciare le armi.

La prima "sangria", fatta in uno degli altiforni, lo impressionò. Vide che gli uomini stavano aprendo l'oblò e un liquido bianco, con una lucentezza accecante, sgorgava dalle viscere della fornace, sui recipienti che poi dovevano essere trasportati a mano negli stampi, utilizzando lunghe sbarre di ferro per evitare di toccare il contenitori che diventarono rapidamente rossi. L'inglese guardò con timore gli uomini che, schiacciati dal peso, barcollavano da una parte all'altra, esponendosi al pericolo che la fonderia cadesse e li bruciasse vivi.

Era uno spettacolo spaventoso, indescrivibile, capace di far tremare i più coraggiosi.

I convertitori Bassemer, d'altra parte, non avevano bisogno di essere "indentati". Quando ciò che c'era dentro si era sufficientemente sciolto, si giravano su se stessi, grazie a potenti perni e ingranaggi complicati, versando il metallo liquido direttamente negli stampi. Ma, tuttavia, il lavoro svolto ad alta velocità, senza pochi secondi di riposo, costringeva gli uomini a una costante attenzione, correndo innumerevoli pericoli in mezzo a quella temperatura torrida che lasciava il corpo senz'acqua, costringendo gli operai a bere costantemente.

Per una lunga settimana hanno lavorato, sorpresi di non essere rispediti in campo. Accanto alla fabbrica, infatti, erano stati allestiti alcuni anfratti, circondati da soldati tedeschi e filo spinato, dove gli uomini cadevano stremati dopo aver lavorato dalle nove alle undici ore di fila. I turni erano interminabili e difficilmente si riusciva a dormire, o quasi a mangiare, perché la stanchezza dominava tutto. Nel frattempo, Marcel era l'unico che non smetteva di pensare un solo istante allo sviluppo del suo audace piano.

Quel pomeriggio, quando lasciarono la fonderia, accompagnati dalla loro squadra di capisquadra, furono sorpresi di trovare l'Oberleutnant all'ingresso del piccolo campo di concentramento che era stato allestito accanto alla fabbrica. Il tenente gli sorrise, distribuendo sigarette e poi offrendogli alcune bottiglie di alcolici che porse direttamente a Marcel.

"Siamo molto soddisfatti del lavoro dei vostri uomini", disse al francese. Ma volevo avvertirti perché domani, verso le undici, arriverà un colonnello di ingegneri a ispezionare la fabbrica. Voglio che ti diamo un'idea ottimistica dello stato di avanzamento dei lavori e sono sicuro che mi aiuterai. Non è vero?

Marcello sorrise.

"Certo signore. Siamo disposti a collaborare in qualsiasi cosa.

"Mi piace così. Puoi annunciare ai tuoi uomini che distribuiremo sigarette ogni tre giorni e che aumenteremo la razione di burro al mattino. Ho anche provato ad aumentare la razione di carne. Ma devi lavorare instancabilmente. Sai, come me, che i forni non possono essere spenti in nessun momento.

"Si signore.

L'Oberleutnant li congedò e poi, già nella sua baracca, Marcel incontrò, in disparte, il sergente britannico.

"Hai sentito cosa ha detto? chiese, con gli occhi lucidi.

«Intendi della visita di domani?

"Sì. È l'occasione che stavamo aspettando. Per qualcosa ho dato istruzioni a Claude, che è il caposquadra che ora è all'interno della fabbrica.

"Quali istruzioni? Shaw era sorpreso.

"Vedrai domani, amico mio. Fidati di me. Marcel non dimentica, nemmeno per un istante, i suoi scopi. Ovviamente dovremo agire a grande velocità.

"Non ti capisco.

"Lascialo nelle mie mani. Adesso vado a parlare con i tuoi uomini. Loro, con Claude, saranno quelli fuori domani mentre riceviamo una visita onorevole del colonnello degli ingegneri. Hai notato che ci sono solo otto tedeschi? a guardia del nostro nuovo accampamento?

"Sì, l'ho già notato.

"Non è un numero molto grande. Claude ha affilato cucchiai di alluminio e li ha trasformati in veri coltelli. Per qualcosa ha lavorato come metallurgista a Parigi.

"Stai cercando di attaccare i tedeschi con quelle armi primitive?

"Certo. Quando avremo lavorato all'interno della fonderia, avremo campo libero. Per il momento", ha aggiunto, "saremo costretti a utilizzare due dei camion. Ma poi li abbandoneremo e io sarò il uno per indirizzarli al confine francese.Sarà molto difficile, lo so, ma non abbiamo altra via d'uscita.

Adams non poté fare a meno di ammirare lo spirito ordinato e capace dell'uomo. Era chiaro che Marcel aveva ricevuto un'istruzione speciale, mirata agli atti terroristici e ai colpi di mano. Ancora una volta il suo cuore si riempì dell'idea della libertà che stava per raggiungere e, soprattutto, della possibilità di poter combattere ancora contro l'odiato tedesco.

C'erano ancora alcuni scrupoli nella sua anima, soprattutto quelli che si riferivano al modo crudele e freddo che Marcel aveva di considerare la vita degli altri, furono rapidamente cancellati, lasciando il posto all'illusione che gli permetteva di fuggire da quella terribile prigionia.

E Santais continuava a parlargli.

Gli stava esponendo il piano, a poco a poco, mantenendo solo il segreto di ciò che sarebbe accaduto all'interno della fonderia. Forse il francese aveva notato la suscettibilità del compagno. La verità è che era così, e sebbene Marcel apprezzasse gli inglesi, non smetteva di disprezzare in lui alcuni dettagli che definiva chiaramente "pregiudizi borghesi", essendo assolutamente sicuro di essere riuscito a strapparli, definitivamente, dal cuore degli inglesi.

Quella notte, Adams non riusciva a dormire.

L'idea che il giorno dopo sarebbe stato possibile per lui raggiungere la tanto attesa libertà aveva l'anima in sospeso. E per la prima volta da quando era in cattività, pensò di nuovo a Deborah, maledicendo mille volte il momento in cui era stato ingannato da quella donna. Era come se la vecchia ferita si stesse riaprendo, sangue e dolore sgorgassero. Fu preso da un'amarezza tremenda e riuscì a superarla solo, quasi all'alba, quando i fischi chiamarono la squadra diurna e dovette alzarsi, al seguito dei compagni, per dirigersi verso la fonderia.

Approfittando di un momento, Marcel gli disse all'orecchio:

"Il nostro giorno è arrivato, amico. Oggi saremo liberi o ci seppelliranno ovunque...

CAPITOLO VII

Arrivato in fabbrica, Adams fu sorpreso di scoprire che l'amico intimo di Marcel, Claude Duvillard, era lì. In realtà, essendo il caposquadra del turno di notte, avrebbe dovuto lasciare la fonderia. Ma era chiaro che i tedeschi si fidavano sempre più di questi prigionieri volontari, e che l'Oberleutnant Slassen li aveva costretti ad allentare un po' la loro vigilanza, poiché traeva enormi profitti dal lavoro di questi uomini.

Shaw riusciva a malapena a contenere la sua impazienza.

Con il passare delle prime ore del mattino, si rese conto dell'enorme importanza degli eventi che si sarebbero verificati poco dopo. E, camminando accanto a Marcel, continuava a guardare il suo compagno con la coda dell'occhio, chiedendosi quali dettagli l'altro gli avesse nascosto e che, in realtà, sarebbero stati come lo scoppio della fuga che stavano preparando .

Solo una volta Marcel si è avvicinato a Claude, che si era posizionato accanto al convertitore Bassemer numero quattro. I due uomini parlarono piano e Shaw vide l'altro annuire vigorosamente. Poi Santais si avvicinò di nuovo al britannico.

"Tutto è pronto" disse a bassa voce.

"Sono impaziente.

"È naturale. Anch'io. Saranno momenti importanti nella nostra vita, amico mio.

E sorrise, ma senza che il suo viso mostrasse alcuna emozione. Adams non aveva mai visto un uomo così freddo. C'era una luce di fanatismo che non abbandonò mai gli occhi di Marcel e che non mancò di destare qualche preoccupazione al suo compagno inglese.

Gli era difficile comprendere il modo di essere di un latino, il modo in cui sentiva le proprie emozioni, il senso profondo delle sue convinzioni che diventavano, quasi sempre, espressione fanatica di un sentimento che non si piegava a nulla o chiunque .

La mattinata trascorse molto più velocemente di quanto Shaw stesso avesse immaginato.

E, all'improvviso, le porte della stanza si aprirono e gli inglesi videro l'arrivo del colonnello degli ingegneri, accompagnato da un tenente di stato maggiore e dall'Oberleutnant Slassen, che era accompagnato anche dal direttore della fabbrica, Funker. Il colonnello era un uomo alto con la fronte chiara, i capelli brizzolati e un'innegabile espressione intellettuale. Doveva essere sulla cinquantina, ma marciava in maniera marziale, con i suoi alti stivali luccicanti e la sua uniforme con le insegne dell'ingegneria dell'esercito tedesco. Adams era un po' ironico sul fatto che questo colonnello indossasse guanti bianchi immacolati, in mezzo alla sporcizia che regnava lì.

"Non dire una parola," lo avvertì Marcel a bassa voce. Mi occuperò di tutto. Hai capito, amico mio?

"Sì.

Mentre gli operai continuavano a lavorare, Marcel, dopo il quale Adams stava marciando, si avvicinò al gruppo di nuovi arrivati e poi accadde qualcosa che sorprese anche gli inglesi. Mettendosi di fronte al colonnello tedesco, Marcel salutò in stile hitleriano, alzando il braccio e lanciando un saluto con la sua voce potente.

Piacevolmente sorpreso, il colonnello sorrise e, rivolgendosi all'Oberleutnant, disse:

"Hai raggiunto vere meraviglie, amico mio. Non mi sarei mai aspettato che il lavoro fosse unito a un senso nazionalsocialista in questi uomini.

Slassen era in gloria e lanciò a Marcel uno sguardo grato.

"Non ho mai sbagliato con gli uomini, signore

"L'ha detto al colonnello." E nel nominare questo caposquadra generale, credo di non aver sbagliato.

"Naturalmente no. Come ti chiami, ragazzo? Indagò, fissando lo sguardo sul francese.

«Marcel Santais, il mio colonnello. A nome dei miei colleghi "continuava dicendo" vi do il benvenuto e spero che troviate tutto in perfetto ordine, visto che siamo disponibili a collaborare al lavoro che ci avete affidato.

"Molto ben detto", rispose il colonnello. Il regista Funker mi ha già detto che la produzione è aumentata considerevolmente. Ovviamente dovremo stringere un po' di più le viti.

"Siamo disposti a fare ogni sforzo", rispose Marcel, imperterrito. E ora, colonnello, posso invitarla a vedere lo svuotamento di uno dei convertitori Bassemer. Il numero quattro. Mi faresti questo onore?

"Certo", rispose il tedesco.

Tanto sangue freddo da parte di Marcel non solo sorprese Shaw, ma non si sorprese nemmeno che le sue gambe tremassero leggermente. Era sicuro che l'invito che il francese aveva appena lanciato sarebbe stato l'origine della catastrofe che si sarebbe verificata lì pochi istanti dopo. Facendosi da parte, lasciò andare avanti i tedeschi, preceduti dal francese, che li condusse all'enorme convertitore, fiamme e scintille che uscivano dalla sua bocca superiore.

Incapace di evitarlo, forse spinto da una strana intuizione, Adams sorprese lo sguardo che incrociò tra Marcel e Claude, che non si era mosso da vicino al convertitore, tenendo in mano la leva che avrebbe fatto oscillare l'enorme massa sul suo piedi. porte a battente. I quattro tedeschi si posizionarono naturalmente in una zona remota da cui il convertitore doveva inclinarsi per versare il metallo liquido negli stampi che alcuni prigionieri avevano già preparato. Certo che si stavano avvicinando momenti decisivi, Adams fu sopraffatto da un senso di indescrivibile angoscia e nervosismo.

Perché pensava che se qualcosa fosse fallito nel piano di Marcel, sarebbero finiti, come Marcel aveva annunciato la sera prima, fucilati e seppelliti nei pressi della fabbrica. Non era, però, che temesse la morte, ma che non poteva concepire che le cose sarebbero andate come sperava l'astuto francese.

Quest'ultimo si era allontanato dal gruppo tedesco, tirando per la manica Adams, che lo seguiva obbediente. Poi, alzando la voce, per controllare il fragoroso sibilo degli ugelli dell'aria calda, gridò:

"Pronto!

Claude Duvillard annuì.

Poi, lui ha detto:

"Sì, pronto.

" Ora! Ruggì il francese.

Claude colpì la leva e l'enorme massa si inclinò; ma invece di andare dalla parte dove attendevano gli stampi, il colossale apparato oscillava bruscamente, e cadendo, oscillando in avanti, scagliava contro i tedeschi sorpresi la massa ruggente di metallo liquido.

Era spaventoso.

Le urla di dolore, che non potevano durare a lungo, poiché le ustioni prodotte avrebbero causato una morte quasi istantanea, dominarono per un attimo il ruggito della massa liquida che cadde a terra. Essendo troppo vicini al convertitore, i quattro camerieri francesi erano anche schizzati da quelle gocce di metallo liquido che trapassavano i loro corpi come se fossero i denti di qualche bestia vorace che divora la carne a grossi morsi.

La vista di quei corpi, corrosi dal metallo liquido con una velocità indescrivibile, fece quasi venire la nausea ad Adams Shaw. Ma Marcel, d'altra parte, non aveva perso la calma per un solo momento. Avvicinandosi a lui, disse:

"Vai! È il momento!

Corsero verso l'uscita della fonderia, mentre gli altri operai gli chiedevano cosa stesse succedendo. Naturalmente, Marcel non aveva compromesso con nessuno dei due e non gliene fregava niente di quello che era successo a loro dopo. Solo Claude lo seguì e presto furono fuori, correndo verso la spianata, dove si trovava il piccolo campo di concentramento che era stato allestito per l'insediamento di coloro che lavoravano nella fabbrica.

Arrivando lì, Adams si rese conto che il piano di Marcel era andato perfettamente.

I tre membri del suo plotone, Sam Blue, Horace Colton e Ed Cooper, in collaborazione con i membri della cellula comunista di Marcel, avevano eliminato di netto le sentinelle, con una sola vittima, un ometto steso a terra, trafitto ancora dalla baionetta di il suo nemico che gli era caduto addosso, con uno di quei coltelli di alluminio conficcato nella schiena.

Non hanno perso altro tempo.

Andarono su uno dei camion e Marcel li invitò a salire, poi si mise al volante e avviò il veicolo, che partì a tutta velocità da quella zona, dove erano stati eliminati i tedeschi, poiché gli impiegati degli uffici del direttore e gli assistenti erano completamente ignaro di quanto accaduto.

Consapevole che ogni secondo ha il suo prezzo in oro, Marcel dà gas e prende una strada secondaria, seguendo un itinerario che aveva studiato in precedenza. Tre ore dopo hanno lasciato il camion e sono entrati in una zona della giungla, attraversandola senza darsi il minimo riposo. Ad Adams sembrava ancora una bugia che tutto avesse funzionato. Ma non poteva evitare, in molte occasioni, di pensare alla vendetta dei tedeschi e alle rappresaglie che sarebbero state prese su quei disgraziati che, ignari del piano, erano stati lasciati in fonderia con gli occhi sbarrati, senza capire al tutto quello che stava succedendo. accadendo.

Adams non fu mai sicuro di poter arrivare in Francia, come fecero, senza incontrare seri ostacoli. Ma quel diavolo di Marcel sembrava conoscere tutti i sentieri, le svolte e le svolte del confine, e hanno avuto solo un piccolo incontro, con un paio di sentinelle, che hanno eliminato nettamente.

Una volta in territorio francese, Orazio continuò ad essere la guida ideale e, nascondendosi durante il giorno, camminarono di notte avvicinandosi gradualmente a Parigi, dove il francese iniziò a entrare in contatto con i membri della sua organizzazione.

Nonostante non potesse dimenticare ciò che stava indubbiamente accadendo nel campo di concentramento, dopo gli eventi di quella mattina, Adams Shaw era sinceramente contento di aver condotto i suoi uomini fuori dall'inferno per dare loro la possibilità di combattere. i tedeschi, armi in pugno.

A poco a poco le sue apprensioni stavano svanendo, e quando arrivarono nella capitale francese, potendo per la prima volta dormire e mangiare normalmente, comprese il genio organizzativo di Marcel e si preparò a collaborare con lui, perfettamente convinto di essere un patriota. centinaio. per cento, il cui unico obiettivo era combattere contro il comune nemico.

Erano stati ricevuti nel quartiere popolare di Saint Denis da una famiglia che, fin dall'inizio, sembrava essere completamente sotto il comando di Marcel. Parlava di una giovane coppia che viveva con la cognata, una bella bionda di nome Paule.

Rimasero lì per dodici giorni.

Marcel era fuori quasi tutto il giorno. Riunito ai membri del suo plotone, in particolare Sam Blue e Horace Colton, il sergente Shaw trascorreva lunghe ore di chiacchiere animate, oppure si distraeva giocando a carte o a scacchi, poiché era del tutto impossibile uscire di casa, almeno per il momento.

Da parte sua, Ed Cooper si era volontariamente separato dai suoi amici, trascorrendo la maggior parte della giornata in compagnia di Claude e degli altri uomini che erano riusciti a fuggire dalla Germania. Adams si rese subito conto che Ed stava diventando un comunista fanatico come il resto delle persone in casa. Di notte, quando si incontravano nella stalla, dove la bionda Paule portava loro il cibo, gli occhi di Cooper erano luminosi, le sue guance erano arrossate e parlava senza sosta, cercando di convincere gli altri compagni di plotone.

Parlò con una tale passione che Adams rimase colpito, ferendolo molto dal fatto che il giovane fosse stato portato via da idee che lui stesso non comprendeva appieno. Erano, invece, ben lungi dal soddisfarlo e fatto sta che nel suo cuore non c'era posto per considerare gli uomini come semplici numeri, tanto meno per esporli a una dittatura, sia pure nera, come quella che dominava Germania, o in rosso, come sembrava quella che si era imposta nella lontana Russia.

"Non ti capisco," gli disse Ed una sera, mentre mangiavano tutti insieme. Pensavo fossi un uomo che ama la libertà...

Cooper sorrise condiscendente.

«E lo sono, sergente Shaw. Ma non di quella assurda libertà che fino ad allora è stata il prezzo che abbiamo pagato per la vera schiavitù. Avete forse dimenticato quella libertà ingannevole che, per esempio, nella nostra patria, è una specie di droga che ci danno per addormentarci e farci ciò che vogliono?

«Non sono d'accordo con te, Cooper. È molto probabile che la pensi come te su certi abusi dei potenti. Ma non si può negare che la libertà sia la cosa più bella che ci sia. E non dirmi che ci sono vari tipi di libertà. Ce n'è solo uno. Il resto è...

"Siete molto in errore, signore", rispose il giovane, con gli occhi lucidi. Non ci può essere sana libertà finché ci sono differenze sociali. Ed è questo che vogliamo ottenere nel prossimo futuro. Non si lasci ingannare, sergente. Questa guerra non ha lo stesso significato della precedente ed è, fortunatamente, la prima che eleverà, in maniera indiscutibile, la destra dei più. Posso scommetterti quello che voglio che ci saranno profonde modifiche quando tutto questo sarà finito. E gli uomini si renderanno conto che non può esserci posto per la schiavitù del mondo moderno...

"Credi che esista?

"Certo. Una schiavitù, come ho detto prima, travestita da Libertà. La peggiore delle schiavitù: quella economica. E mentre molti sono costretti a pagare per una falsa libertà il prezzo di una vita di lavoro, mal pagata, vivendo in condizioni indescrivibili, una piccola maggioranza non si stanca di ripetere quelle pecore che vivono in un mondo felice, civile, pieno di promesse e dove la Libertà individuale è garantita per sempre.

"Non sono ancora d'accordo con te, ragazzo. Perché preferirò sempre lavorare per un uomo, dimostrargli che lo so fare bene, ottenere da lui i miglioramenti necessari, essere schiavo di uno stato onnipotente, vedermi costretto a fare ciò che non mi può piacere, avere davanti di me una triste esistenza in cui parole fuorvianti mi convincono o almeno tentano che sto operando per il bene comune.

Cooper sorrise.

«Sei carico di pregiudizi, sergente. Ma pensaci. Non ci sarà spazio per l'individualismo quando tutto questo sarà finito. Il bene comune è al di sopra di ogni altra cosa. E quelli che non soddisfano il requisito del loro entusiasmo per il lavoro congiunto saranno eliminati.

"Bel modo per esprimere la libertà!

L'arrivo di Marcel interruppe la conversazione, il che rese felice Shaw.

"Possiamo prepararci" disse Santais. Domani lasceremo Parigi e ci dirigeremo verso la zona del massiccio centrale. I nostri compagni ci aspettano lì.

"E le armi? Adams osò chiedere.

"Questo verrà dopo. Abbiamo già un piano per prenderli. Ma, per il momento, dobbiamo prima incontrarci con il gruppo che ci aspetta, nella zona montuosa del massiccio centrale. Inoltre "e ha mostrato i denti in un ampio sorriso", ho l'onore di informarvi che sono stato nominato capo di quel gruppo di resistenza.

Tutti i suoi amici si circondarono, stringendogli calorosamente la mano.

Adams, da parte sua, si chiese ancora una volta se avesse scelto la strada giusta. I suoi due inseparabili, Sam Blue e Horace Colton, rimasero al suo fianco, senza prendere parte alla gioia giubilante che si era impadronita degli altri.

Quando ebbe finito di stringere le mani che gli erano state tese calorosamente, Marcel si avvicinò al britannico.

"Voglio parlarti, da solo...

"Quando vuoi,

"Vieni sotto.

Uscirono dal fienile e si recarono nella stanza al primo piano dove era sistemata la sala da pranzo della famiglia che li aveva accolti. Seduti davanti a tazze di caffè, i due uomini accesero una sigaretta e poi, dopo una lunga pausa, Marcel disse...

«Conto molto su di te, Adams. Hai qualcosa che mi manca.

"Di cosa stai parlando?

"Sei un militare dalla testa ai piedi. Ed è quello di cui ho bisogno.

"Per cosa?

"Per impadronirsi delle armi. Non pensare che sarà facile.

"Ci sono molti tedeschi in quella regione?

"Basta. Inoltre, non è questo il problema principale. Spostare armi da Poitiers alla periferia di Clermond Ferrand non può essere fatto senza camion. E non ne abbiamo nemmeno uno.

"Possiamo procurarcene un po'.

"Questo è esattamente il mio piano. Ma ho bisogno di una squadra di uomini disciplinati e, soprattutto, abituati a fare quel tipo di colpi di mano. Hai piena fiducia nei tuoi tre soldati?

"Completa; cioè in due di esse...

"C'è un nuovo traditore? Marcel era allarmato.

"No, non intendo quello. Ma Ed Cooper sembra essere più parte del tuo gruppo che del mio.

Babbo Natale rise.

"È un ragazzo molto intelligente, quel Cooper", ha detto. Sarà un ottimo teorico. E ne abbiamo anche bisogno. Ci sono molti uomini, nel gruppo di resistenza a cui siamo destinati, che hanno bisogno di lezioni di marxismo. Sai che Cooper mi ha chiesto molti libri da illustrare?

"Era facile prevederlo.

"Diventerà un agitatore di prim'ordine. Ho avuto la fortuna di incontrarti sul campo.

"Sì, certo. E a proposito del campo, che fine hanno fatto quelli che ci sono rimasti?

Marcel scrollò le spalle.

"Hai scrupoli?

«Non è quello, Marcel. Ma avremmo dovuto portarli con noi, almeno quelli che lavoravano in fonderia.

"Beh, lo sai che era impossibile. Non potevamo scegliere. Inoltre, non conosci ancora gli uomini, amico mio. Ci sono molti che non meritano il minimo sforzo. Allora sarebbero diventati un peso inutile che avremmo dovuto sopportare fino a qui. No, dimenticalo completamente.

"Sto provando.

«Abbiamo un lavoro formidabile davanti a noi, Adams. E so che collaborerai intensamente in lui, al mio fianco. Dobbiamo rendere il gruppo di resistenza il primo, il più audace, il più determinato. Ci sono cose che non posso ancora spiegarti, ma poi, a poco a poco, le capirai. Non sono un uomo che pianifica per il domani, ma per molto dopo, per il futuro. Il destino della Francia e del suo proletariato dipenderà in larga misura dalla forza che avremo raggiunto a guerra finita.

«Non voglio essere coinvolto in piani politici, Marcel. Non dimenticare che sono in un paese amico, ma straniero.

"Non devi pensare così. Il mondo intero è il nostro paese. Ma sono cose che imparerai quando gli eventi ti condurranno sulla via della verità. Ora non importa come pensi. Sei determinato ad aiutarci?

"Sono determinato a combattere i tedeschi su qualsiasi terreno.

"Non importa. Domani sera usciremo di qui. Non sarà difficile arrivare dove ci aspettano, anche se dovremo spalancare gli occhi. Una volta lì, io e te prepareremo con cura il programma di andare alla ricerca delle munizioni e delle armi che trasformeranno il nostro gruppo nel più terribile nemico dei nazisti Insieme a te, con la tua conoscenza militare, prepareremo colpi di mano e non lasceremo riposare quei cani invasori per un solo momento, anche se dovremo fare anche altre cose...

Non disse altro.

Adams continuava a cercare di rispondere, "in mente", alle centinaia di domande che la sua stessa coscienza gli poneva. Ma si è stancato di farlo e, allo stesso tempo, si è sentito trascinato dall'entusiasmo di Marcel, che gli stava spiegando i suoi progetti futuri. Non l'aveva voluto? Non voleva continuare a combattere il nemico e spegnere, qualunque cosa fosse, il dolore dei ricordi che, di tanto in tanto, irrompevano nel suo cervello dolorante?

La cosa migliore che poteva fare era dedicarsi anima e corpo alla missione che il destino sembrava avergli indicato. Combattere di nuovo era tenere la mente occupata ventiquattr'ore su ventiquattro. Era dimenticare, soprattutto, e, allo stesso tempo, vendicare coloro che aveva visto cadere durante la battaglia, sulla strada per Dunkerque. Far chinare il capo all'avversario, sentendo il peso della vendetta, facendogli dimenticare quell'atteggiamento fiero e intollerabile che aveva assunto sin dalla vittoria del 1940.

Guardò francamente Marcel.

"Sono con te, amico mio. Farò tutto il necessario per assistere gli alleati nel trionfo finale.

"Non mi aspettavo niente di meno da te" sorrise l'altro. Ti ho già detto un giorno che non mi sbagliavo guardando gli uomini. Finora non abbiamo ottenuto altro che trionfi e sarà così d'ora in poi. Presto il gruppo "Marcel" si farà sentire in tutta la Francia. E quando sentiranno quella parola, i maiali tedeschi tremeranno di paura perché non sapranno quando cadremo su di loro, mostrando così che non sono, tutt'altro, i proprietari di questa terra che hanno violato, invadendolo.

CAPITOLO VIII

Hanno lasciato Parigi durante la notte.

Un uomo era venuto a guidarli verso le montagne, e dopo aver attraversato la città, dispersi a gruppi di due, cercando di imboccare quelle strade per le quali era improbabile imbattersi in pattuglie tedesche, lasciarono definitivamente la capitale francese, salendo poi verso un camion dei pesci che li ha portati a Orleans.

Prima di raggiungere questa città, sono scesi dal veicolo e hanno attraversato il fiume a un guado, a circa otto chilometri a est della città. Poi trovarono di nuovo il camion a sud della città e continuarono il loro viaggio.

Adams aveva notato, con sorpresa, che la bella bionda della casa di Saint Denis, Paule, li accompagnava. Il viaggio è stato, tuttavia, abbastanza faticoso da poter approfittare dei momenti in cui erano sul camion e dormivano tutti, desiderando di essere finalmente sulle montagne del massiccio centrale.

All'alba del giorno successivo, il camion si è fermato in una zona montuosa, aspra e nella giungla. Uscendo da esso, seguendo sempre la guida che li precedeva, imboccarono un sentiero che serpeggiava e saliva rapidamente. Ben presto persero di vista la strada e si trovarono in mezzo a una foresta di alberi rachitici e contorti, i tronchi pieni di strani calli, come tumori mostruosi.

Il sentiero si fece sempre più difficile e, infine, dovettero camminare a quattro zampe, arrampicandosi su pareti rocciose che costeggiavano profonde voragini. Infine, già nel profondo della zona più selvaggia delle montagne, furono fermati da due uomini, armati di fucili, che strinsero la mano alla guida e lo precedettero, conducendolo in una specie di piccola pianura, tagliata da un lato da un roccioso muro in cui erano state scavate alcune piccole grotte.

Erano nel campo "maquis".

La prima cosa che vide Shaw, precedendo un gruppo di uomini armati, fu uno strano essere, con un enorme bernoccolo sulla schiena e una faccia sgradevole. Era magro, con le gambe rachitiche e un cranio dello stesso tipo. La fronte ricurva aveva una specie di linea scura sul lato inferiore che formava le sopracciglia irsute e terribilmente cespugliose. Il naso era piatto e gli occhi sporgenti. Sotto il primo, le labbra, spesse e sensuali, si schiusero per rivelare denti corrotti e giallastri.

Marcel strinse la mano dell'uomo e poi, rivolgendosi all'inglese, disse:

«Questo è il mio tenente. Puoi chiamarlo "Tordu". Non ti offenderai, te lo assicuro. Inoltre, "aggiunse sorridendo," credo che nessuno lo conosca con un altro nome. Non è vero?

Il deforme annuì.

Dimostrò chiaramente che il nome denigratorio non lo infastidiva affatto. Forse spinto da una sorta di sporco istinto di autopunizione, era persino contento quando tutti lo conoscevano e lo chiamavano "Tordu".

"Hai fatto quello che ti ho comandato? Ha chiesto Marcel allora.

"Certo. Vuoi che li vediamo?

"Perché no?" E rivolgendosi di nuovo agli inglesi, disse: Vieni con noi, Marcel. C'è qualcosa che voglio insegnarti.

Mentre il resto degli uomini fraternizzava con i nuovi arrivati, Marcel, il gobbo e Shaw iniziarono ad allontanarsi dal campo. Questo piccolo altopiano era quasi completamente isolato dal resto delle formazioni montuose che lo circondavano completamente. Era una specie di nido d'aquila, e Adams, spinto come sempre dal suo spirito militare, disse che i resistenti avevano scelto proprio il luogo ideale, poiché la difesa di questo piccolo altopiano era abbastanza facile.

Una volta avvicinatisi al bordo, seguirono un sentiero che scendeva verso una delle valli che circondavano quella minuscola pianura. In realtà si trattava di un terrazzo, prodotto da un taglio nella montagna, lasciando dietro di sé il rilievo dove erano stati praticati i fori per trasformarli in grotte. Tutto il resto erano scogliere e voragini, pericolosamente orlate da rocce appuntite di indubbia formazione vulcanica.

Proseguirono lungo il sentiero fino a raggiungere il fondo del burrone e una volta lì, il gobbo si voltò a destra e li condusse in una piccola radura, quasi completamente ricoperta da una vegetazione rigogliosa, piena di spine. Rivolgendosi a Marcel, disse, allungando il braccio:

«Eccoli, compagno.

Adams Shaw seguì la direzione indicata dal "Tordu" e non poté fare a meno di rabbrividire.

Quello che Marcel voleva che vedesse non era carino.

C'erano, a terra, coperti di mosche e sangue secco, quattro uomini, i loro corpi chiaramente trafitti da una moltitudine di proiettili. Senza mostrare la minima emozione, Marcel si avvicinò, seguito dal gobbo, finché non si fermò davanti ai corpi immobili che giacevano sulla terra giallastra.

"Gli stessi maiali! Ruggì. Poi, cambiando tono di voce, chiese: «Cosa hanno detto?

"Qualsiasi! Erano mezzi morti di funk... Se li avessi visti pregare di non caricarli!

Marcel sorrise ferocemente.

Incapace di trattenersi, Adams si fece avanti e, indicando i cadaveri, chiese:

Chi erano?

Marcel si voltò verso di lui.

"Gli ex leader del gruppo, amico mio", ha detto, ancora sorridendo.

"Hanno fatto qualcosa di sbagliato?

"La cosa peggiore che possa fare un uomo che combatte contro il fascismo. Non hanno adempiuto alla missione assegnata. Avevamo ordinato loro di scendere a Saint Jacques, un paese a lato della strada. Avevano l'ordine di riempire di piombo le viscere del sindaco di quella città. E non lo fecero. Hanno detto che non volevano uccidere nessun francese.

E quel sindaco?

Marcel sputò per terra, con rabbia visibile.

"Quel sindaco è uno dei collaboratori più disgustosi della regione! Un ragazzo che si è venduto ai tedeschi. Capirai, Marcel. Fino a poco tempo, la gente di Saint Jacques, così come la gente dell'altra città, che si chiama Villesud, che si trova anch'essa sulla strada, ci aveva aiutato, dandoci del cibo perché potessimo resistere in montagna. Ma il sindaco di Saint Jacques si è rifiutato categoricamente di aiutarci e ha denunciato il caso alle autorità cittadine tedesche. Due dei nostri uomini sono caduti nella trappola e sono stati torturati prima di morire. Così "Tordu" ha mandato quelli, due dei quali erano i capi di una frazione del gruppo. Ma si sono rifiutati di eliminare quel farabutto e, vedete, hanno pagato per questo...

Shaw cercò di capire quello che aveva appena sentito.

Da un lato, il suo rigoroso senso militare gli diceva che la disobbedienza a un dato ordine doveva essere punita. Ma, d'altra parte, non riteneva logico uccidere uomini la cui colpa era stata quella di rifiutarsi di uccidere un connazionale.

Come se le stesse leggendo nel pensiero, disse Marcel;

Pensaci, Adams. Se tutti facessero quello che vogliono qui, il nostro lavoro sarebbe nullo. Ci deve essere una disciplina. Non capisci?

"Si, capisco.

"Ma ci sono altre cose che capirai a poco a poco. Sfortunatamente, non tutti gli uomini che sono andati nella "macchia" avevano le idee chiare sulla responsabilità che si sono assunti, quando hanno cercato di combattere contro l'invasore. Molti lo hanno fatto per snobismo, altri per avventura. E questo non può essere permesso. La missione che ci ha portato qui è troppo terribile per permettere a qualcuno di sognare di diventare una stupida serie di Robin of the Woods. Il popolo francese è impegnato in una lotta all'ultimo sangue e non può esserci spazio per codardi, traditori o deboli di cuore.

Shaw ha dovuto dare la ragione, internamente, a Marcel. Era sempre stato attratto da quest'uomo che aveva saputo preparare in modo così perfetto il colpo per la fuga dalla Germania. Ma ciò nonostante, i suoi vecchi istinti democratici combattevano disperatamente dentro di lui, facendo sì che la sua coscienza gli dicesse cose spiacevoli.

Lasciarono quel luogo, tornando al campo.

Subito dopo, si radunarono all'interno di una delle grotte e lì sedevano il gobbo, Marcel, Claude Duvillard e il sergente britannico.

"Ciò che ci interessa ora, più di ogni altra cosa", ha detto Marcel, "è preparare il colpo di stato per sequestrare quante più armi e munizioni possibili dal magazzino di cui ti ho parlato. Abbiamo già detto che la difficoltà è proprio che abbiamo bisogno almeno un paio di camion.

Il «Tordu» è intervenuto:

«Ecco perché non dovresti preoccuparti, Marcel.

"Hai qualche idea? L'ho chiesto a questo.

"C'è un parco mobile tedesco intorno a Saint Jacques. Alcuni di noi hanno visto quattro camion nuovi di zecca in quel posto. Il presidio tedesco, invece, non è molto numeroso: sei uomini e un sergente.

Marcello sorrise.

"Questo è ciò che ci si addice. Ma voglio che l'organizzazione di questa missione sia affidata interamente al nostro amico Shaw. Poiché abbiamo piani per la regione e conosco perfettamente il percorso che ci porterà al deposito di munizioni, studieremo, se la pensi così "e guardò gli inglesi", tutti i dettagli di questo piano. Naturalmente, sarai il capo.

Parlarono a lungo, esaminando le mappe che Marcel aveva preso dalla tasca e studiando attentamente il progetto che doveva rendere il gruppo di resistenti il più armato di tutta la Francia.

Quando venne la sera e dopo aver cenato nella grotta, Adams Shaw uscì a fare una passeggiata, sorpreso nel vedere il "maquis" che, seduto per terra, ascoltava attentamente la parola facile di Ed Cooper, le cui intenzioni arrivavano fino agli inglesi sergente, provocandogli sincero stupore.

Non avrei mai immaginato che Cooper sarebbe stato in grado di assimilare le teorie marxiste a tale velocità. La verità è che parlava come un libro e citava cose che Shaw aveva qualche difficoltà a capire. Non udì i passi di Marcel che si avvicinava a lui e quando il gigantesco francese fu al suo fianco, disse sorridendo:

"Vedi, Adams. Il tuo ex privato Ed Cooper è diventato niente di meno che il nostro miglior commissario politico.

Shaw annuì e si allontanò, verso il bordo dell'altopiano. Voleva stare da solo e pensare. Ma quando si sedette per terra, sotto il cielo stellato, allontanò dalla sua immaginazione tutte le preoccupazioni presenti, e di nuovo, impotente, proiettò la mente nel passato, come se avesse bisogno, in ogni momento, di tornare . sanguinare per quelle ferite che una donna comune gli aveva aperto nel cuore.

Due notti dopo, il gruppo formato dal sergente Shaw, Sam Blue, Horace Colton e Marcel Santais lasciò il campo, dirigendosi verso la valle che li avrebbe condotti nei pressi della cittadina di Saint Jacques.

Tutti erano armati di mitra, avevano una pistola alla cintura e alcune granate appese nello stesso posto. Marcel stava conducendo gli altri e ha preso la strada più diretta per arrivare alla strada. Una volta lì, si mossero lungo il fosso, in silenzio, consapevoli di tutti i rumori che li raggiungevano. A poco a poco si avvicinavano al paese, inciampando prima, come si aspettavano, nel parcheggio mobile che i tedeschi vi avevano installato, in una grande casa di campagna che si trovava a una ventina di metri dalla strada, collegata ad essa da una strada sterrata .

Sdraiati nella grondaia, esaminarono attentamente la casa, scoprendo quasi subito la sentinella che camminava incessantemente davanti al cancello. Un primitivo capannone, ricoperto di canne, occupava la parte sinistra della casa e sotto di esso si vedevano le strutture verdastre dei quattro camion.

Abbassando la voce, Marcel disse al sergente:

«Ora tocca a te, Adams. Qual'è il tuo piano?

"Mi occuperò personalmente della sentinella", rispose Shaw. Non appena l'avrà eliminata, andremo tutti in casa e faremo fuori il resto dei tedeschi. Solo eliminando l'intero presidio potremo far muovere i camion e, allo stesso tempo, usufruire delle divise e della documentazione nazista nel caso in cui incontriamo qualcuno per strada.

"Hai notato che quando suona la sveglia, ci cercheranno ovunque?

"Ci ho contato. Ma una volta arrivati al deposito munizioni, dove arriveremo come avete calcolato in un paio d'ore, non sarà affatto difficile cambiare la targa dei camion e poter così, al ritorno, andare inosservato. Inoltre, hai anche detto che avremmo preso una strada laterale per raggiungere un punto in cui quelli del gruppo avrebbero aspettato che ci occupassimo di tutto ciò che abbiamo caricato. Non è così?

"Certo. Mi piace il tuo piano. Puoi iniziare quando vuoi.

Uscendo dalla grondaia, Adams Shaw strisciò lentamente verso la sentinella.

Era come se fosse tornato di nuovo in prima linea, e tutti i ricordi si erano precipitati nel suo cervello, all'improvviso. Aveva completamente dimenticato le circostanze speciali che lo avevano portato lì e si vedeva trasferito indietro nel tempo, come quando avanzava di pattuglia, sapendo di essere protetto dai suoi uomini e sicuro di sé, come ogni uomo che adempie un dovere verso il quale pensa di essere obbligato.

La sentinella continuò a marciare da una parte all'altra, completamente ignara del pericolo che si avvicinava a lui. Un maestro nell'arte dell'avvicinamento, Shaw avanzò, strisciando con cautela, tenendo d'occhio la sagoma del tedesco, la cui baionetta luccicava di tanto in tanto quando si voltava bruscamente dopo che la sua passeggiata era finita.

Quando fu abbastanza vicino al tedesco, si mise a sedere, preparandosi a saltare. Aveva impugnato il mitra con entrambe le mani e aveva pianificato di sferrare un colpo finale al suo avversario che lo avrebbe messo fuori combattimento, con il minor rumore possibile. Ma il silenzio che regnava nella casa era significativo e dimostrava chiaramente che il resto della guarnigione stava godendo di un sonno profondo.

Da un sonno profondo ed eterno dal quale non si sarebbe mai svegliato.

Saltò, preciso, lungo un percorso che aveva previsto in anticipo.

Alzando leggermente il braccio sinistro, fece fare un semicerchio al fucile mitragliatore e il suo calcio metallico si schiantò brutalmente in faccia al tedesco.

Ansimò, poi improvvisamente si piegò in due, atterrando pesantemente a terra. L'elmo gli era caduto dalla testa e Shaw, consapevole del pericolo di riprendere conoscenza, sollevò di nuovo il mitra e colpì, brutalmente, il cranio dello sfortunato.

Ci fu il suono secco delle ossa che si spezzavano e un brivido postumo percorse il corpo del tedesco.

Poi si è congelato.

Mentre si dirigeva verso il cancello, Adams udì perfettamente i passi dei suoi compagni che si avvicinavano rapidamente. La porta non era chiusa e la spinsero con cautela, assicurandosi che i cardini gemessero il meno possibile. All'interno c'era una specie di ampio patio con un carro abbandonato sulla destra e alcuni attrezzi agricoli già arrugginiti, a dimostrazione che i proprietari della casa l'avevano abbandonata da tempo.

Non fu difficile per loro orientarsi, trovando una scala che portasse al piano superiore. Lo salirono, armi pronte, calpestando con cautela gli spigoli di ogni gradino, facendo attenzione che il legno non gemesse sotto il peso dei loro corpi. Una volta in cima, finivano in un corridoio, con le porte su entrambi i lati, tutte socchiuse e alcune da cui fuoriusciva il caratteristico suono del normale respiro di una persona profondamente addormentata.

Distribuendo i suoi uomini, Shaw entrò in una delle stanze dove dormivano due tedeschi. Agendo nello stesso modo che aveva usato contro la sentinella, colpì i crani dei suoi avversari e poi uscì, verificando che gli altri avessero fatto lo stesso con coloro che dormivano nelle stanze vicine. La morte era giunta silenziosa e silenziosa alla casa, che sembrava ancora immersa in una pace che, in verità, era per i suoi occupanti del momento, definitiva ed eterna.

Uscendo dall'edificio, sono poi andati al garage dove hanno controllato lo stato dei camion. Ne scelsero due, che passarono con attenzione, riempiendo i serbatoi con le taniche di benzina che c'erano. Poi tornarono nell'edificio e, concedendosi ora il lusso di accendere la luce, scelsero le divise che più si adattavano loro. La cosa più difficile è stata trovarne uno che si adattasse alle dimensioni colossali di Marcel Santais, che alla fine ha ottenuto il più grande, sebbene i polsini del guerriero non arrivassero molto più in basso del gomito.

Sorridendo, disse:

"Mi nasconderò dentro uno dei camion. Non credo che nessuno si convincerebbe se ti dicessi che questi vestiti si sono ristretti quando li ho lavati.

Sam Blue sorrise.

I due veicoli si sono avviati poco dopo. Come aveva assicurato Marcel, riuscirono a prendere una strada secondaria, cinque miglia al di sopra del posto tedesco che avevano appena attaccato, svoltando a sinistra ed entrando in un'area dove era visibilmente improbabile che si imbattessero in pattuglie nemiche.

Non impiegarono più di due ore per percorrere la distanza che li separava da quella piccola stazione dimenticata dove Marcel, tanti mesi prima, aveva fatto fuori la guarnigione francese affinché nessuno sapesse il segreto del deposito di munizioni.

I resti della caserma che aveva bruciato erano ancora visibili, ma quando scese dal camion, correndo verso l'ingresso che era stato fatto saltare in aria con la dinamite, ruggì di rabbia.

Gli altri gli si avvicinarono.

L'ingresso era pulito, aperto, mostrando che lì avevano scavato e che qualcuno aveva quindi scoperto il segreto.

Usando le torce che avevano sequestrato alla postazione militare tedesca, penetrarono all'interno per convincersi che le armi e le munizioni fossero scomparse.

Gli occhi di Marcel sembravano minacciare di gonfiarsi.

"Ora capisco! Ruggì, stringendo i pugni.

"Il fatto? Chiese Shaw.

«Era quel traditore di Paul.

«L'uomo che ti ha ordinato di far saltare in aria l'ingresso?

"Sì. So che è morto, ma è stato così codardo da vendere il segreto prima di morire.

E se lo avessero torturato?

"E allora? Ha ruggito di nuovo. Un membro del Partito non deve parlare, anche se i suoi occhi sono cavati e la sua carne tagliata a pezzi. Dannazione mille volte! Se avessi sospettato che non avrebbe saputo tenere ferma la lingua , l'avrei strangolato proprio qui, bruciandolo accanto ai cadaveri di coloro che dovevo uccidere affinché il segreto di questo magazzino non fosse noto a nessuno.

"E adesso cosa facciamo?" chiedo.

"Vattene di qui" disse Marcel. Torneremo ai camion e li bruceremo, prima di arrivarci. Dannazione! Siamo tornati come prima, con qualche mitra e una manciata di proiettili. E non abbiamo nemmeno preso le armi o le munizioni dai tedeschi della flotta. Ma chi sapeva che questa sorpresa ci aspettava qui?

"Possiamo tornare lì se vuoi", ha detto Shaw. C'erano una dozzina di fucili e due scatole di munizioni.

"Hai ragione. È qualcosa. Andiamo.

Risalirono sui camion e Marcel, seduto dentro uno di essi, gli strinse le labbra con rabbia, mordendole a volte, fino a farle sanguinare.

Aveva contato così tanto per rendere il suo gruppo il più importante di tutta la Francia che ora, pieno di rancore, voleva vendicarsi di qualsiasi cosa, lasciar andare la brutalità che era dentro di lui e scatenare l'odio che sgorgava da tutti dei suoi pori. A poco a poco, mentre si avvicinavano di nuovo a Saint Jacques, un'idea gli attraversò il cervello facendogli schiudere le labbra in un sorriso crudele.

"Almeno" pensò ", non avremo perso la notte..."

CAPITOLO IX

Sequestrare le armi e le munizioni dalla casa occupata dalla flotta tedesca è stato semplice, poiché l'allarme non era ancora stato dato e questo aveva una spiegazione logica. La guarnigione tedesca si trovava a Villesud, dodici chilometri più a sud, e questo distaccamento motorizzato era l'unico gruppo tedesco nelle vicinanze di Saint Jacques.

Quando ebbero attraversato la strada, diretti alla montagna, Marcel si fermò di colpo e disse, rivolgendosi agli altri:

"Puoi continuare al campo. Claude ti guiderà. Poi, fissando Adams, chiese: "Puoi farmi avere uno dei tuoi ragazzi, Shaw?

"Naturalmente. Cosa vuoi fare?

"Te lo dico dopo. Designa quello che vuoi che mi accompagni.

"Guardati, Horace" disse il britannico.

Colton consegnò le armi che trasportava, dividendole tra Sam e il sergente. Poi, silenziosamente, seguì Marcel ed entrambi si allontanarono, attraversando di nuovo la strada e imboccando il fosso, dirigendosi poi verso la tranquilla cittadina di Saint Jacques.

Sarebbe stato francamente difficile per Horace comprendere i sentimenti che allora si annidavano nel cuore selvaggio di Marcel. La verità è che non aveva potuto dimenticare un solo istante il fallimento nel trovare vuota la miniera abbandonata, dove avrebbero dovuto essere le munizioni e le armi, soprattutto dopo i sacrifici che era costato mantenere il segreto.

Uomo primitivo, ma allo stesso tempo dotato di una notevole intelligenza naturale, astuto al cento per cento, Marcel Santais non poteva in alcun modo sopprimere lo spirito vendicativo che si annidava nel suo petto.

Gravato dal risentimento verso la società, dopo aver sofferto l'indicibile in una giovinezza rischiosa, nei quartieri più miserabili della capitale francese, si era ora improvvisamente convertito, per la prima volta nella sua vita, in qualcosa di importante. E la responsabilità della sua posizione sembrava imporgli la necessità di dimostrare agli altri la sua capacità e la sua mancanza di misericordia verso coloro che considerava nemici. Ha accelerato il passo, seguito da Horace, che portava il suo mitra sulla schiena. Non disse una sola parola durante il viaggio e quando raggiunsero l'ingresso del paese, alzò una mano, a significare che dovevano fermarsi.

"Prendi il mitra in mano, ragazzo" lo avvertì.

Horace Colton lo ha fatto.

"Stiamo andando lontano? Ha osato chiedere.

"No" rispose l'altro. Siamo già molto vicini. Seguimi e non temere nulla. Qui a Saint Jacques non ci sono tedeschi.

Orazio annuì e seguì Marcel, che aveva iniziato a camminare per una stradina stretta e silenziosa con un forte odore di letame, dimostrando l'esistenza di stalle in quasi tutte le case di fronte alle strade. cosa stava succedendo. La strada era mal asfaltata e Orazio aveva difficoltà a camminare, con gli stivali, a causa dei bordi tondi e scivolosi che, al contrario, il suo compagno sembrava dominare completamente.

Camminarono per un centinaio di metri, poi si fermarono davanti a una porticina che conduceva a un muro abbastanza alto. Proprio accanto, Marcel ha lavorato con il coltello fino a quando non è riuscito a far scattare la vecchia serratura ammuffita che era più un simbolo che un segno di sicurezza.

"Andiamo," disse, con un sussurro.

Il giardino che attraversarono era vasto, e Orazio annusò i frutti che dovevano essere sospesi agli alberi, le cui alte forme li circondavano.

Il terreno era ricoperto da uno strato di terra soffice su cui era un piacere camminare. Quando furono arrivati sul retro della casa, Marcel ripeté le stesse manovre che aveva fatto prima sul cancello del giardino. Sembrava avere una straordinaria capacità di saltare le serrature, e pochi istanti dopo ripose il coltello, poi si rivolse a Horace.

"Ora cerca di fare meno rumore possibile, ragazzo" disse a bassa voce "Colpisci me e te stesso e non allontanarti troppo. Ti guiderò io. Hai capito?

"Sì", rispose il britannico.

Per aumentare ulteriormente la sua vicinanza all'uomo davanti a lui, Colton allungò la mano e afferrò il guerriero di Marcel. In questo modo, entrambi avanzarono nella completa oscurità. Ma, a quanto pare, il francese conosceva perfettamente la topografia di quei luoghi, poiché non inciampò nemmeno una volta, trovando molto facilmente la scala, con la quale iniziarono a salire al piano superiore.

Nella casa regnava il silenzio assoluto.

Mentre seguiva da vicino Marcel, dal quale si era liberato mentre saliva i gradini, Colton si chiese cosa avrebbero fatto lì e chi fossero gli abitanti di quella casa. Ma non ebbe molto tempo per riflettere, e quando si incontrarono sul pianerottolo del primo piano, Marcel si diresse a destra, in punta di piedi, con agghiacciante sicurezza. Colton lo seguì e pochi istanti dopo si fermarono davanti a una porta che, contrariamente alle due precedenti, non era chiusa a chiave.

La mano di Santais si mosse, brancolando, lungo il muro finché non trovò l'interruttore. La forte luce costrinse Horace a chiudere gli occhi, anche se li riaprì rapidamente, esaminando con curiosità la stanza in cui si trovava.

Era una camera da letto antiquata, classicamente francese, di grandi dimensioni, con un enorme armadio su un lato, un tavolo al centro, circondato da alcune sedie e un paio di poltrone rivestite di un tessuto a fiori, e in basso, un letto matrimoniale in quale dormivano due persone.

Fissando la sua attenzione su quei due esseri umani, Orazio si sentiva a disagio, a disagio, come se entrare nella camera matrimoniale costituisse una sorta di violazione, un atto decisamente riprovevole. Rimasero così per qualche istante, Marcel, con un sorriso ironico sulle labbra, avanzò cautamente verso il letto dove marito e moglie stavano ancora dormendo sereni, ignaro della spiacevole sorpresa che li attendeva.

Girandosi intorno al letto, Marcel si avvicinò al luogo dove l'uomo dormiva e poi apparve, come per magia, un coltello in mano. Orazio non riuscì a trattenere un brivido anche se qualcosa gli disse che il suo compagno non avrebbe agito violentemente contro la persona a cui si stava avvicinando sempre di più.

In effetti, Marcel si limitò a scuotere il dormiente tenendo il coltello abbastanza vicino al viso dell'altro da significare che qualsiasi allarme gli sarebbe stato semplicemente fatale.

L'uomo grugnì un paio di volte prima di aprire gli occhi. Poi ha lottato un po' con la vivida luce nella stanza, e finalmente i suoi occhi si sono posati sul coltello per vedere la manica del braccio che lo reggeva e, infine, per aprirsi in modo spropositato quando ha guardato il volto dell'uomo che gli stava accanto. comodino.

Fu allora che la donna si svegliò.

Spaventata, si sedette sul letto, portando le mani al petto per chiudere la già stretta maglietta blu che indossava. Era una donna rozza, rude, grassa e senza alcun tratto di bellezza. Aprì la bocca, come per urlare. Ma Marcel poi portò il coltello alla gola del marito e la moglie capì, facilmente, cosa significasse quel gesto.

"Sorpreso, eh? Chiese Marcel.

Anche l'uomo si era seduto sul letto e tremava in modo tale da dare pietà. Orazio divenne sempre più impacciato, chiedendosi ansiosamente quali sarebbero stati gli eventi futuri immediati. Guardava la donna, vergognandosi di averla beccata a letto, accanto al marito. Ecco perché ha preferito girare la testa per fissare la sua attenzione sui due uomini.

"Cosa vuoi...? L'uomo balbettò.

Doveva aver già compiuto cinquant'anni e i suoi capelli erano bianchi, anche se corti e rasati, con alcune macchie nere che formavano curiose isole nel camice. Era grasso quanto o forse più di sua moglie, e la sua carne flaccida ora si muoveva all'impulso dei tremori che gli percorrevano il corpo.

"E hai ancora l'audacia di chiedermi cosa voglio? "Rise Marcel". Ti è piaciuto lo spettacolo dei nostri due compagni morti, vero?

L'uomo lottò disperatamente per far sì che le sue labbra articolassero le parole che sicuramente voleva dire. Alla fine l'ha capito e ha detto:

«Non è stata colpa mia, signore. Erano i tedeschi.

«Ma li hai denunciati, cane. Hai ucciso due dei miei migliori ragazzi.

"Giuro che non è stata colpa mia! "Pregò l'uomo, il cui viso aveva un po' preso colore, sebbene il pallore fosse ancora cadaverico.

Poi è intervenuta la donna.

"Mio marito sta dicendo la verità, lo giuro. Non eravamo da biasimare per quello che è successo. Erano i tedeschi...

Marcel sembrava reagire in modo profondamente umano. Tenendo lontano il coltello, ma ancora sorridendo, disse:

"Va tutto bene. Ti credo. Ora ho bisogno che tua moglie prepari abbastanza cibo per me e questo amico per portare le provviste al campo. Hai capito?

Fu la donna che rispose:

"Certo signore. Adesso vado a prepararlo.

"Farai bene" rise Marcel. Ma se non metti il meglio che hai nella dispensa, tuo marito se la passerà molto male.

"Non si preoccupi, signore" si affrettò a dire, mentre saltava giù dal letto, affrettandosi ad indossare una vestaglia colorata che la rendeva ancora più ridicola e grassa di quanto non fosse ". Prendo il meglio che abbiamo. Ecco sono ancora un paio di prosciutti, un sacco di pancetta, salsiccia e chorizo, formaggio ... ti piace, vero signore?

"Sì, mi piace molto. Andiamo sbrigati. "Poi si rivolse agli inglesi." Tu la accompagni, Orazio. E non perderlo di vista. Non dimenticare che la figlia deve dormire in una stanza vicina.

"Alice non si sveglierà" è intervenuto il marito.

Orazio seguì la donna fuori, più impacciato che mai. Non gli piaceva questo modo di procurarsi il cibo e non capiva molto quello che aveva detto Marcel, dato che il suo francese era abbastanza elementare. Tuttavia, lo disgustava vedere la paura dipinta così sui volti di esseri umani che, dopo tutto, non avrebbero dovuto fare molto male a nessuno.

Erano appena usciti nel corridoio quando si aprì una porta, accanto alla stanza che avevano lasciato pochi istanti prima. Una ragazza sui vent'anni, in una vestaglia piuttosto graziosa, che esaltava ulteriormente la bellezza del suo viso infantile, con i suoi grandi occhi azzurri sbarrati, apparve davanti a loro, fissando lo sguardo, un po' spaventato, sull'uomo armato che accompagnava lui. alla donna.

"Cosa c'è, mamma?" chiedo.

«Non è niente, Alice. Questi amici di tuo padre sono venuti a cercare del cibo per la macchia. Ho intenzione di preparare un buon pacco per te. Dai, vieni con me!

"E papà?

«Sta parlando con l'altro signore. Non succede niente, niente panico. Vieni con noi.

La ragazza obbedì.

Lanciò un'occhiata a Orazio e continuò a farlo, anche quando si trovarono nella vasta cucina, ad aiutare sua madre meno di quanto avrebbe dovuto aspettarsi da lei. Era tanto tempo che Horace non si trovava nelle vicinanze di una bella giovane donna come quella che, impotente, sentì un brivido corrergli lungo la schiena. Tuttavia, nelle sue intenzioni, non c'era assolutamente nulla di peccaminoso. Guardò la donna come un oggetto straordinario e la trovò completamente diversa da Paule, quella donna anche lei bella ma un po' maschiaccio che era con loro al campo. Che enorme differenza c'era tra i due!

La paura abbandonò gradualmente il volto della giovane donna che, animata dall'ammirazione a cui era sottoposta, sorrise avvicinandosi al britannico.

«Non vuole un caffè, signore? " Chiedo.

"Non so se avremo tempo, signorina..." rispose Horace, nel suo schifoso francese.

"Lo farò. È questione di pochi istanti. Quindi, quando il tuo amico scende, lo prenderanno insieme.

Colton, senza fermarsi un solo istante a contemplare la ragazza, pensò allo strano destino che aveva fatto di quelle persone, creature sprofondate nel terrore costante, temendo da una parte i tedeschi e dall'altra gli uomini delle montagne, senza sapere da che parte andare o quale atteggiamento adottare in quella lotta selvaggia che li avvolgeva completamente.

Per un inglese, la guerra non potrebbe mai svolgersi in quel modo. Per questo Orazio capiva i combattimenti, le lotte, ma nondimeno gli riusciva difficile capire quello speciale stato di cose che faceva spaventare le creature umane, vivendo in mezzo a un'agitazione così indicibilmente spaventosa che era orribile solo immaginare esso.

A quanto pare, Marcel si stava intrattenendo con il marito del padrone di casa, dato che la ragazza aveva abbastanza tempo non solo per preparare il caffè, ma per aiutare sua madre a riempire quei due sacchi, in cui avevano messo il meglio che c'era nella credenza .

Timidamente, Alice avvicinò la tazza al punto in cui era ancora in piedi Horace.

"Prendi un caffè" gli disse, con un sorriso affascinante sulle labbra ". L'ho fatto carico e molto dolce. Ti piace così?

Horace annuì con la testa e allungò una mano, afferrando la tazza e provando una strana sensazione mentre le sue dita accarezzavano la pelle delicata della ragazza. Il suo cuore batteva più veloce del solito e dovette fare uno sforzo reale per impedirle di notare il tremito che gli aveva preso la mano.

Sorseggiò il caffè, sorseggiandolo con vero gusto. Le due donne lo guardarono e nei loro occhi c'era una simpatia che non smetteva mai di riempire di gioia il cuore del soldato britannico.

Ma poi, quando tutto sembrava così incantevole da sembrare impossibile, un ideale perseguito all'infinito, inutilmente, quando le cose avevano assunto un aspetto irreale, quando sembrava che passato e presente, ricordi e immagini del momento avessero coinciso in una volta sola. Perfettamente, la voce aspra di Marcel risuonò dall'interno della porta:

" Forza ragazzo!

Orazio posò frettolosamente la tazza sul bordo del tavolo e si voltò. Non gli piaceva il sorriso sulle labbra del francese. Poi si avvicinò e diede un'occhiata ai sacchi che le due donne avevano riempito.

"Dai" ripeté. Abbiamo una lunga strada da percorrere.

Si gettò un sacco sulle spalle e fu seguito da Orazio. Poi la donna si avvicinò a Marcel, i suoi occhi imploranti.

"E mio marito?

"Tuo marito è uscito per dare ordini in modo che preparino più cibo. Manderò più uomini in un paio d'ore. Avanti, Orazio!

Uscirono di casa, poi attraversarono una piazza e presero il sentiero diretto verso le montagne. Sebbene andassero veloci, il silenzio della notte era così profondo che era possibile, pochi istanti dopo, udire un grido di terrore che li raggiungeva, attraverso l'oscurità, come se qualcosa di indicibile si stesse lacerando.

"Che cos 'era questo?" disse Colton.

"Niente, dai.

"Cosa vuoi dire niente? Sembrava la voce della ragazza.

"Ti ho detto di andare avanti.

Quando cominciarono a salire il pendio, Orazio non poté farne a meno e si voltò, vedendo poi che molte luci erano state accese in paese. Vedendo il gesto del suo compagno, Marcel sorrise e disse:

"Lo avranno già scoperto.

"Il fatto che?

"Sindaco.

"Era l'uomo nel letto?

"Sì. Lo stesso maiale ha denunciato i tedeschi che venivano da questa parte e hanno ucciso due dei nostri uomini.

"Cosa gli hai fatto? domandò Orazio, sentendo qualcosa squarciarsi dentro di lui.

"Niente in particolare. L'ho impiccato nella piazza principale della città.

Colton dovette mordersi il labbro.

E non sentiva il dolore, nemmeno il sapore del sangue che gli inondava la bocca.

* * *

Il maggiore Shelton indicò la mappa al colonnello.

"Deve essere qui intorno, signore", disse.

Il colonnello Freedman osservò attentamente le curve di livello, che si incontravano, quasi si incontravano, dimostrando così la struttura topografica del terreno.

«È naturale», disse, dopo una pausa. Questo posto è eccellente per la macchia mediterranea.

«Non abbiamo un rapporto vero, signore. Ma dovremo rischiare.

"Certo. Comunque, perché non prendi un volo in pieno giorno? Se lo vedessero, segnalerebbero e così sapremmo il luogo preciso dove fare i lanci più tardi.

«È un'ottima idea, signore.

"Vuoi uscire domani?

«Certo, mio colonnello. Preferisco anche conoscere il sito esatto. Più tardi, durante la notte, quando lanceremo, non avremo la stessa sicurezza di durante il giorno.

"Ovviamente.

"Preparerò il mio aereo e volerò domani, nelle prime ore, su quella zona del massiccio centrale. Peccato che non abbiamo informatori in quella regione!

"Non importa. Se, come pensiamo, c'è un importante gruppo di resistenti in quella zona, vedranno i colori del dispositivo e capiranno che vogliamo aiutarli. È giunto il momento, amico mio, di iniziare ad armare quei buoni patrioti. Se vogliamo ottenere uno sbarco un giorno, dobbiamo avere amici nell'interno della Francia occupata. E ce ne sono molti. Sai che nei Paesi Bassi e in Belgio siamo in comunicazione con importanti gruppi che aiutaci, quando sarà il momento, per una collaborazione produttiva.

I rifornimenti che avevo fatto, mesi prima, ai nuclei resistenti di Olanda e Belgio dimostravano l'efficacia di quegli uomini che combattevano nell'ombra senza mai arrendersi, desiderosi di far capire ai tedeschi che le cose non erano e non sarebbero state come erano desiderato. .

Dopo aver meditato a lungo su tutto questo, Shelton iniziò a scrivere una lettera alla moglie, annunciando che molto presto avrebbe avuto il permesso e sarebbe potuto andare a Londra, per trascorrere qualche giorno in sua compagnia e in quella di i due figli che ha avuto. matrimonio. Generalmente dedito all'osservazione, il maggiore Shelton conosceva i pericoli dei caccia nemici, ma non doveva sopportare l'azione insistente della contraerea tedesca come i suoi compagni, quelli che erano assegnati alle squadre di bombardamento. Dopotutto, pensò mentre scriveva, è stata una fortuna, e poi questo lavoro mi piace più dell'altro. Se c'è qualcosa che non sopporto è l'idea di dover bombardare le città, senza alcuna precisione, sapendo che sotto le bombe ci saranno bambini innocenti, donne e persone che non hanno fatto nulla di male in questa vita.

La mattina dopo, è salito sul suo dispositivo di osservazione e poco dopo ha sorvolato il Canale della Manica, dirigendosi a sud-est e raggiungendo un'altezza di settemila metri, un'area in cui poteva volare quasi in tutta calma. Oltre a lui, tre uomini formavano la squadra bimotore, che era dotata di tutti i progressi possibili nella fotografia aerea. Ma questa volta la missione era diversa e Shelton, mentre guidava l'aereo, pensava alla gioia che avrebbe portato a quegli uomini che, sulle montagne di Francia, non potevano immaginare che qualcuno, dall'altra parte del mare, stesse aspettando per loro, desiderosi di aiutarli in modo positivo ed efficace.

CAPITOLO X

"Inglese! È un aereo inglese!

Marcel andò da Adams, insieme agli altri membri del plotone.

Tranne Ed Cooper.

"Cosa ne pensi, amica? "Disse, posandole familiarmente la mano sulla spalla." Connazionali vostri! È bello vedervi!

"È vero..." disse, con un'emozione che gli strinse la gola ". Non pensavo che li avrei mai più rivisti. Come se non esistessero" disse, dopo una breve pausa "... se fossero scomparsi per sempre.

" Che dici!

«È vero, Marcel. Ci sono cose che sembrano scomparire dalla nostra anima in modo definitivo. Erano così lontani! In un altro mondo, anche se la ragione diceva il contrario.

"Guarda! Ora paracadutano qualcosa...

Infatti, un oggetto si era appena staccato dall'aereo, una freccia accecante nei raggi del sole, arrestando la sua caduta all'apertura del fiore tremolante del piccolo paracadute.

"Raccoglilo! gridò Marcel.

L'Inghilterra esiste! pensò Adams. Non è una mia vaga idea: è qualcosa di vero, materiale, visibile e palpabile come una bella donna...»

L'oggetto è stato colpito da un francese che è poi corso verso Marcel, facendo volare il piccolo paracadute sulla sua coda, come un fazzoletto aperto svolazzante al vento.

"Eccolo! Disse porgendolo al suo capo.

"Aprilo", ha appena detto.

"Cosa dice? chiese Santais.

"Vogliamo aiutarvi inviandovi armi e munizioni, che paracadutaremo tra due notti. Dicci se sei felice di segnare, con luci o piccoli falò, un anello per indicare il luogo del lancio. Siamo orgogliosi della tua lotta contro il nemico nazista. L'Inghilterra saluta i coraggiosi combattenti della Resistenza francese.

»Vi lanceremo anche una stazione e una password in modo che possiate comunicarci informazioni o chiederci cosa volete. Ora accendi un fuoco per farci sapere che hai capito. Saluti, amici! Lunga vita alla Francia! Vivi l'Inghilterra!"

"Ecco," disse Adams.

"Magnifico! Accenderemo il falò proprio ora. Ehi voi tutti!

Quando l'aereo ha visto il pennacchio di fumo alzarsi da terra, ha piegato le ali in segno di saluto, allontanandosi mentre si librava tra le nuvole alte.

"Che fortuna! "Esclamò Marcel. "Vedi che non ci dimenticano, Adams. Questi inglesi sono davvero dei bravi ragazzi.

"È vero.

"Non sembri così felice come dovresti essere.

"Volevo parlarti. Vuoi venire, Marcel?

"Ovviamente!

Si fermarono sulla sporgenza. Adams si mise a sedere, seguito dall'altro.

"Tu dirai ...

"Riguarda la scorsa notte.

"Non capisco.

"Sì. Orazio mi ha detto tutto.

"E quello?

"Capisci, Marcel. Siamo grati che tu ci abbia fatto uscire dalla Germania, ma non capiamo perché devi essere così inutilmente crudele.

"Bah! A volte mi chiedo se voi inglesi vi rendete conto che tipo di guerra dobbiamo fare qui. Per tutti i demoni riuniti! Volevate che lasciassi impunita la morte di due dei miei uomini?

"Il 'Tordu' ha ucciso alcuni compagni del gruppo.

"Erano traditori!

"No, non mi stai prendendo in giro, Marcel. Ho parlato con i tuoi uomini. Li hai uccisi perché non erano del Partito.

La rabbia fece stringere i pugni a Santais.

"E se fosse per quello? chiese con aria di sfida.

"Se fosse così, così com'è, ti direi che le cose non possono continuare così.

"Cosa vuoi dire con questo ...?

"Hai già visto che gli inglesi ti aiuteranno. Ma se sapessero che stanno giocando a un'idea politica, se conoscessero davvero le intenzioni di questo gruppo, pensi che ti aiuterebbero?

"Stai cercando di dirmi che li informerai?

«Lo farò, Marcel. A meno che tutto questo non cambi. Non hai il diritto di uccidere i membri del gruppo perché non la pensano come te, tanto meno di impiccare dei civili, che devono essere processati, al momento opportuno, dopo la guerra.

Il disprezzo era dipinto sul volto del francese.

"Fa schifo sentirti parlare così! Ma dimmi una cosa: prima di entrare nell'esercito, cosa facevi?

"Ha funzionato.

"In cui si?

"A Londra.

"In cosa?

"Era un agente di commercio.

"Già. Un apprendista borghese. Un elemento di quella schifosa borghesia che muore di fame ma non vuole essere notato. Puah! Realizza, amico mio: eri solo un operaio, né più né meno. Un tipo come ce ne sono milioni nel mondo e per i quali vogliamo combattere, è un male?

"No. Capisco la lotta per il miglioramento degli uomini. Non dimenticare che vivo in una democrazia. Ma va tutto molto bene quando la guerra è finita: ora, Marcel, il nostro obiettivo è diverso.

Santais strinse le palpebre, socchiudendo gli occhi. Sotto la pelle del viso, i muscoli si contrassero.

"Forse hai ragione" disse.

"Quindi?

"Essere d'accordo.

"Le esecuzioni nel gruppo si fermeranno?

"Cessiranno.

"Non ci sarà più vendetta contro la popolazione civile?

"Non.

Adams tese la mano all'altro, che gliela strinse.

"Conta su di me, allora. Perché dovresti sapere che sono uno specialista della radio. È una delle cose che ho imparato nei comandi.

"Magnifico! Non mi sbaglio mai e sapevo che ci saresti stato di grande utilità.

Gli uomini, francesi e inglesi, stavano distribuendo i fuochi per segnalare agli aerei britannici il luogo del lancio. Non era molto più di una prova precedente, dal momento che mancavano due notti alla data prevista.

"Paolo!

"Volevi qualcosa?

"Sì. Andiamocene, voglio parlarti.

"Buona.

"Ascolta. C'è qualcosa di serio che potresti aiutarci a risolvere.

"Di cosa si tratta?

"Da Adamo.

"Un bell'uomo" disse. Come mi piacciono.

"Sono contento che sia così.

"Perché?

«Fai un po' di attenzione, Paule. Shaw non è d'accordo con alcune delle nostre procedure. È un inglese, non dimenticarlo. candido e fantasioso come tutti gli inglesi. Capace di dire che ha dovuto aspettare la fine della guerra, per esempio, per impiccare il sindaco di Saint Jacques.

"Delizioso! E ora che mi ricordo, perché non mi hai portato con te? Te l'avevo detto che volevo fargli uno scherzo prima che tu riattaccassi.

"Non potevo. Ma lasciami continuare. Devi prenderti cura di lui. Devi distrarlo, qualunque cosa sia, portarlo via dalle nostre cose in modo che non ci giochi.

"Hai paura che sia un traditore?

"No, niente del genere. Ma diventerà direttore della stazione e non voglio che invii rapporti "personali" a Londra. Hai capito adesso?

"Credo di si.

"Non ce ne frega niente di quello che succede all'Inghilterra dopo la guerra. La nostra missione non si limiterà a cacciare i tedeschi da qui, ma a instaurare un socialismo sovietico in tutta Europa. Ecco perché siamo interessati a ricevere molte armi e munizioni che non saranno usate solo contro i nazisti, ma che useremo in seguito, se necessario, contro gli inglesi e gli americani, se vogliono ostacolare i nostri scopi.

"Sono d'accordo.

«Allora ti renderai conto della necessità di neutralizzare Adams.

"Ma cosa posso fare?

"Non essere stupido! Cooper ci ha raccontato molto del sergente. Lo sapevi che era sposato?

"Non.

"Beh, sii sorpreso. Entrò nell'esercito disgustato, con il morale a pezzi. Sua moglie lo ha tradito prima e dopo.

"Ed è per questo che lo sciocco si è disperato?

"Sì. Ma non ha importanza. Credi di poterlo distogliere un po' da ciò che non vogliamo che sappia?

Sorrise, felina.

"Non credo sia molto difficile. Inoltre, mi hai appena dato dei dettagli molto interessanti per una donna. Dovrà essere catturato dal romantico ...

"Fai quello che vuoi, ma fallo addormentare il più possibile. È vitale per noi.

"Non preoccuparti.

"Quando inizierai?

"In questo momento. Dov'è quell'Otello?

"Abbasso gli uomini.

"Lascialo sul mio conto. Non ho ancora dimenticato quello che ho imparato tanto tempo fa, prima di scoprire che tutti gli uomini sono maiali... deliziosi.

Marcello rise.

"Va bene, compagno. È la missione del Partito. Non dimenticare...

"No, non dimenticherò.

E si alzò in piedi, allontanandosi verso la zona dove c'erano quelli che erano aperti sulla strada e che i sindacati avevano organizzato perché la messa non mancasse di stimolante lungo il percorso.

Quanto si sono divertiti e hanno ballato quel giorno!

Non mancava la fisarmonica che suonava ininterrottamente, portando il ritmo popolare dei «javas», che si susseguivano all'infinito, facendo alzare polvere alle coppie e arrossendo le guance fino a farle sembrare fuoco.

Sono tornati molto tardi. Le stelle brillavano in cielo e continuavano a cantare e ballare per le strade già tranquille, fermandosi di tanto in tanto a far fuori allegramente la lingua a chi si affacciava alle finestre per protestare contro questo rumoroso scandalo.

Era impossibile ricordare alcuni dettagli. Soprattutto quello che avevano fatto. Con uno sforzo, Paule cercò di definire questo punto, ma senza successo. La verità era che le cose avevano perso il loro aspetto abituale e che gli sembrava che tutti gli oggetti fossero circondati da un alone luminoso che dava loro una nuova personalità, come se avessero cessato di essere ciò che dovevano diventare creature vive, animate, amichevoli. ., sorridente...

Ad esempio...

Chi aveva fatto luce sulla Senna? Com'era possibile che le lanterne illuminate sembravano uomini in abiti formali che accendono un sigaro?

Come è divertente!

Inoltre qualcuno, senza dubbio, aveva spinto la palla del mondo e le strade e le piazze si sono mosse, ondeggiando al ritmo della musica che increspava nell'aria l'instancabile fisarmonica.

Un ragazzo ha detto che dovrebbero continuare la festa.

"Andiamo nel garage di Michel! Egli ha esclamato. L'abbiamo ripulito l'altro giorno ed è fantastico continuare a ballare...

Tutti hanno applaudito.

Qualcosa sembrava rompersi nel petto di Paule ora, mentre continuava a scendere la collina, alla ricerca del sergente britannico. Era come se qualcuno avesse appena lasciato cadere un calice di cristallo sul pavimento e la vibrazione di ogni pezzo continuasse a risuonare mentre si schiantava.

Da quel momento i ricordi furono vaghi, forse perché il cuore negava categoricamente che potessero essere realtà. Era il momento in cui doveva inevitabilmente aprire la vecchia cassapanca in soffitta.

Hanno ballato, hanno bevuto; bevevano, ballavano. Il mondo si frantumò in pezzi di luce e tutto girava, vertiginosamente, ma senza sembrare fastidioso o scomodo. Al contrario: una voluttuosa sensazione di immaterialità la afferrò, facendole perdere il contatto con il suo corpo, come se avesse le ali e non fosse più che un brano musicale che la fisarmonica sprigionava come stelle filanti luminose.

Dopo...

I ricordi si facevano strada, dolorosamente, uno per uno, come se qualcuno gli stesse tirando i capelli, con cattiveria, crudeltà. Il mondo aveva smesso di girare e i ragazzi si trasformavano in mani audaci, dure, strane, in respiro che non si staccava dal viso: un respiro acido, dominato in alto dallo splendore odioso di quegli occhi che sembravano sprigionare tante scintille

Era come un vento di indescrivibile violenza. Si agitavano, urlavano, gli occhi rigati di lacrime, i volti sfilavano accanto ai suoi, sempre con brillantini che sembravano essere gli stessi; sempre con quel fetore acido che sembrava uscire dalla stessa bocca spavalda e spudorata...

Stava suonando? Da quanto tempo chatti con Adams Shaw? È che lui...

Non! Non!

Non potrebbe essere lo stesso. Incapace di separare il presente dal passato, la sua mente folle mischiava tutto e gli sembrava persino di udire, sullo sfondo di una nuvolatura imprecisa, il suono della fisarmonica che si sgonfiava, ondeggiava da un'aria piena di note...

Aprì gli occhi.

Le stelle erano nel cielo come tremori di luce. Il silenzio si posò, pesante, insopportabile, sul suo petto. Aveva però in bocca un profumo gradevole, come quello che resta dopo aver fumato fino in fondo una sigaretta bionda.

Una parte del cielo era coperta quando apparve la testa di Adams. Era impossibile per lei vederlo bene, ma il contorno del suo viso era perfettamente delineato contro l'azzurro lontano del cielo.

"Paolo...

Perché doveva parlare adesso? Non si rendeva conto di quanto fosse delizioso lasciarsi trasportare da quella corrente invisibile che l'aveva allontanata per un momento dalle pene di un passato che avrebbe comunque voluto dimenticare?

"Paolo...

La mano dell'uomo si posò sui suoi capelli, le sue dita intrecciate in essi. La punta delle dita le sfiorò le tempie e sentì un'arteria pulsare sotto la pressione della pelle dell'uomo sulla sua.

Si mise a sedere, seduta per terra. Ora poteva guardarlo più in dettaglio.

"Paule..." ripeté, ossessionato da qualcosa. " Me...

Gli sorrise.

Era ancora sotto l'influenza di qualcosa di nuovo che, in modo improbabile, l'aveva confrontata, per la prima volta, con se stessa. Com'era possibile, dopo tante amare esperienze che altro non erano che un bagno di fango sul fango?

Lo guardò, interessata, come se fosse capace di scoprire qualcosa nel suo viso per spiegare quella meraviglia. Tutto, proprio tutto, era stato improvvisamente cancellato, come se fosse appena uscito da un bagno purificatore, qualcosa di simile a qualcosa che aveva letto o sentito, ma che non riusciva a ricordare nello specifico.

Fece di nuovo l'errore di rompere il silenzio, che era il fondo del fascino ammaliante che sembrava avvolgerla.

"Scusa Paolo...

Fiume. Ma lo fece senza malizia, come se volesse sentire la propria voce, come se temesse di svegliarsi da un'irrealtà che in tutti quegli anni non aveva nemmeno osato immaginare. Poi improvvisamente, rendendosi conto della certezza dell'accaduto, si gettò addosso all'uomo, cercando rifugio tra le sue forti braccia.

"Adams! Proteggimi!

"Ma...

«Non lasciarmi andare, Adams. Non lasciarmi andare...

Le accarezzò i capelli e lei, il viso premuto contro il suo viso, gli parlò, a bassa voce, come un sussurro, raccontandogli tutto come non l'aveva mai fatto a nessuno. E ora, tornando indietro nel tempo, non sentiva più la tremenda apprensione, come ogni volta che saliva in soffitta a sollevare il pesante coperchio del baule, aspettandosi di vedere sullo sfondo i serpenti ei ragni. Poi gli raccontò, chiaramente, le intenzioni di Marcel e il ruolo che si aspettava da lei a fianco del britannico.

Adams la stava ancora accarezzando. Dall'ingresso della grotta, dove era stata installata la stazione radio, Adams poteva vedere gli uomini, al comando di Marcel, provare le armi che l'aereo inglese aveva paracadutato nelle notti successive.

Paule dormiva all'interno della grotta.

Rivolgendosi a lei, Shaw non poté fare a meno di sorridere. Quante volte si era chiesto come fosse stato possibile che la presenza di quella donna, che sembrava volgare quando l'aveva incontrata, avesse spento la fiamma di dolore che non cessava di accompagnarlo.

Sarebbe necessaria la comunicazione del dolore e della sofferenza perché emergesse la luce? Non lo sapevo, non lo sapevo.

Ma la verità era che entrambi erano usciti puliti, quando si avvicinarono portarono il peso della propria miseria. Paule ora conosceva la sua vita come conosceva quella della donna. Si erano spogliati senza falsa modestia, ansiosi di vedere se il sentiero appena scoperto non fosse, in fondo, nient'altro che un fugace miraggio.

"No, non lo è..." rifletté Adams. È stato meraviglioso e definitivo. Curioso! Qualcosa come se due lebbrosi, strofinandosi le ferite l'uno sull'altro, fossero addirittura scomparse le pustole e la malattia.

Vide Marcel risalire il pendio, avvicinandosi a lui. Si era asciugato la fronte e poi si era seduto accanto all'inglese, prendendo una sigaretta da uno dei pacchetti che erano stati paracadutati contro di loro.

"Ci sono novità?" chiedo.

"No. È ancora presto. Arriveranno stanotte.

"Hai la lista delle richieste?

"Sì.

"Noi, il gruppo, stiamo uscendo. Tutto.

"Sì?

"Sì. Scendiamo a portare dei rapporti. Devi pagare per quello che stanno facendo con noi. Non credi? Faremo saltare in aria la strada e il ponte, davanti a Saint Jacques. Bel colpo Ricordatevi che adesso stanno passando molti convogli nazisti, diretti verso la zona che hanno la sfacciataggine di definire "non occupata".

"Dì a Londra che inizieremo ad attaccare ovunque. Appena possibile andremo a far saltare in aria il ponte di ferro di Villesud. Non è una buona idea?

"Eccellente.

"Sto preparando tutti i ragazzi. Vuoi che lasci qualcuno di guardia per te?

"No, non è necessario.

"Bene. Ci vediamo domani!

"Buona fortuna a tutti!

"Grazie... Abur!

Mezz'ora dopo, mentre il sole tramontava sulle colline le sfumature arancioni del tramonto, la lunga fila di uomini si allontanò, giù per la valle.

CAPITOLO XI

Si stavano dirigendo verso la strada quando il Tordu si fermò, ordinando alla maggior parte degli uomini di nascondersi. Poi andò nel luogo dove lo stavano aspettando Claude, Marcel e Ed Cooper.

Era Cooper che comandava.

"Vi dico, compagni, che non possiamo diventare mercenari del capitalismo inglese. È vero che ci mandano armi; Ma pensi che lo facciano per benevolenza o perché si preoccupano che la Francia sia libera dall'occupante?

"Come? "Ha chiesto 'Tordu''. Non vuoi che i nazisti se ne vadano da qui?

"Non ho detto questo! Cooper ha risposto. Certo che lo voglio; ma per cosa? Per salvare la loro bellissima isola e il loro impero, per continuare a governare il mondo come hanno fatto fino ad ora. No, compagni, dobbiamo dimostrare ai nostri falsi amici che siamo anche più intelligenti di loro. Continueremo a ricevere armi e a fare, di tanto in tanto, qualcosa che li soddisfi. Ma la nostra vera missione è iniziare a seminare il comunismo in Francia. Quando ho agitato il rosso bandiera qui, ti dico che la mia vecchia Inghilterra dovrà arrendersi all'evidenza e milioni di indiani e persone di altri paesi soggiogati troveranno la strada per la libertà.

"Cooper ha ragione" disse Santais. Non per niente, su tuo consiglio, ho chiesto al compagno Paule di intrattenere il sergente. Adams è un bravo ragazzo, ma è avvelenato dai pregiudizi borghesi.

E cosa dovremmo fare? Claude intervenne, che fino a quel momento non aveva parlato.

"È molto semplice", ha risposto Cooper. La nostra missione è ripulire i villaggi circostanti dai traditori fascisti, dai collaboratori dei tedeschi. Così facendo, ci guadagneremo la fiducia dei lavoratori francesi, che saranno attratti dalla Resistenza e si uniranno alle nostre fila.

A poco a poco formeremo una forza considerevole che, quando verrà il momento della liberazione, prevarrà definitivamente. È necessario che quando gli inglesi arriveranno in Francia, non credano che la loro vittoria significherà il prolungamento dello stesso stato di cose che fino ad ora li ha esclusivamente favoriti...

«Come parla! Esclamò «Tordu».

"Formidabile! "Confermato Marcel." Sei venuto fuori con un ragazzo eccezionale, Ed. E siamo tutti d'accordo con te, ma vedo qualcosa che è chiaro.

"Il fatto che?

"Se ci dedichiamo, come tutti vorremmo, a ripulire i collaboratori di Villesud, i tuoi due compagni, Horace e Sam, correranno a dirlo ad Adams. Come evitarlo?

"Molto facilmente. Manda quei due imbecilli, insieme ad alcuni nostri compagni, a uccidere i tedeschi a Villesud. Non ci hanno detto che sarebbero rimasti solo otto o dieci nazisti nella guarnigione, visto che gli altri andavano in un sfilata a Vichy?

"È vero.

«Be', hai già una splendida opportunità per distrarre quei due mentre sistemiamo i conti con i traditori della città.

"Tu pensi a tutto" ammirò Claude.

Pochi istanti dopo, la colonna era in cammino, spostandosi lungo il fossato, verso Villesud.

Le stelle brillavano, tremanti, nel cielo. Erano capaci di leggere la violenza che gli uomini portavano nel loro cuore?

Paule si stiracchiò pigramente. Era sdraiata accanto ad Adams, il quale, con le mani dietro il collo, gli occhi socchiusi, si lasciò trasportare dal corso calmo e pacato delle sue idee.

"Quando ero piccola", ha raccontato, giocando con i suoi lunghi capelli, "credeva che le stelle fossero buchi in un'enorme coperta che cadeva sulla terra di notte. È curioso! Tutto quello che mi raccontava mia nonna, che faceva anche credo che la luna fosse capace di abbassarsi per punire gli uomini.

"Luna?

"Sì. Mia nonna era bretone. In realtà la mia famiglia viene da quella regione. Sono persone semplici, profondamente credenti, ma cariche di oscure e remote superstizioni... molto curiose.

"Come quello della luna?

"Sì. Non ridere. Era qualcosa che mi eccitava così tanto che passavo le notti tremando quando c'era la luna e pregavo mia madre di chiudere bene la finestra.

Si sdraiò accanto a lui, accarezzandogli il viso.

"Vedrai. Mia nonna mi ha detto che c'era un uomo che stava cavalcando un carro trainato da buoi attraverso i campi. Era notte e aveva piovuto molto. Il carro era carico e gli animali combattevano coraggiosamente per salvare le pozzanghere il cui fango fondo ha fatto girare le ruote.

"Improvvisamente accadde quello che doveva succedere. Una delle ruote finì nel fango fino all'asse e non servirono le grida del carrettiere, né i colpi dei pungoli che dava ai poveri buoi. L'uomo, stanco di inutili combattimenti, si sedette sul ciglio della strada e tirò fuori la bottiglia di vino. Fu allora che, con aria di sfida, guardò la luna e pieno di rabbia esclamò:

» " Ti invito a bere se mi aiuti a tirare fuori il carro dal fango!

E poi la luna è scesa e lo ha portato via. La mattina dopo, il carro è arrivato in città, completamente pulito e con i buoi riposati e lucenti. La gente si chiedeva dove potesse essere andato il padrone di tutto questo e quando venne la notte, i buoi muggirono lamentosamente e alzarono la testa verso la luna. Lì si poteva vedere chiaramente la sagoma dell'uomo che voleva associarsi ai poteri del Demone.

«Non hai visto quella sagoma umana, Adams?

"Sciocco!

"So che è una bugia, ma in quel momento ero pienamente convinto e vidi l'uomo sulla faccia pallida della luna, tremante di terrore.

Girò la testa, guardandola.

"Sei meraviglioso, Paule.

"Non dire così! Mi vuoi prendere in giro?

"No, tesoro. Per me sei la cosa più bella del mondo. Comprendilo. Il mio cuore sanguinava e tu sei venuta a dimostrarmi che non era vero, che era tutta una bugia.

«Hai esaudito anche i miei desideri, Adams. A me è successo proprio come a te e mi ero rifugiato nell'odio perché era l'unica cosa che mi veniva offerta gratuitamente.

"Ci deve essere qualcosa" ha detto "che si prenda cura di unire coloro che si completano a vicenda, quando non riescono più a credere in niente e nessuno.

"Sì è corretto.

«Cosa chiede quell'uomo, dopotutto, Paule? Un po' di felicità, un angolo dove forgiare una casa, una possibilità di vita, minuscola, appena percettibile. Riuscite a immaginare ora cosa pensano tutti i soldati del mondo? È lo stesso che guardi da una parte all'altra. Girano tutti intorno alla stessa cosa, piccola. Vogliono tornare a casa, stare con i loro cari, dimenticare le loro miserie e sofferenze.

Ma non possono. E sai perché? Perché avvelenano le loro menti da quando hanno memoria. Dicono ai francesi: "Lui odia i tedeschi! Ha ucciso suo padre, ha ferito tuo nonno. Sono un popolo bellicoso, assetato di potere, distruttivo". Dicono al tedesco che è un essere superiore, che i francesi si aspettano l'occasione per umiliarlo ancora, che l'intera Europa li disprezza. A noi inglesi parlano dell'impero, della nostra missione educativa e guida in mondo, convincono l'americano di essere la razza più giovane e potente della Terra.

»Veleni che non smettono di cadere sul bambino, sull'adolescente, sull'uomo! Quanto pochi sono quelli che insegnano che bisogna amare gli altri, che sono nostri fratelli, che non è necessario uccidersi selvaggiamente per essere d'accordo!

Perché non siamo in grado di comprendere la bella verità, Paule? Quale potere demoniaco entra in noi per trasformarci così facilmente in bestie feroci?

«È odio, Adams.

"Odio? Ma pensi che qualcuno possa odiare per se stesso? È impossibile! Ci vuole un po' di immaginazione per vedere che non è vero. Guardalo, piccola. Se ora fossimo in grado di spostare il tempo in avanti, tu sai cosa potremmo facilmente vedere?

"Non.

"La guerra è finita. È passato molto tempo e i francesi vanno in vacanza in Germania, come turisti. Così fanno i tedeschi, che vagano per Parigi, dove le tracce lasciate dall'occupazione nazista sono state completamente dimenticate. Ti rendi conto?

Ed è proprio questo che mi rattrista. Renditi conto della stupidità che ogni generazione sembra disposta a commettere. Le guerre finiscono, le persone corrono per le strade, abbracciandosi quando hanno raggiunto la pace. Attraversando la terra di nessuno, quelli che ieri si sono incrociati, si abbracciano emozionati, si baciano, distribuiscono sigarette e bevande. Dov'è quell'odio che solo poche ore fa li ha fatti stringere i denti mentre premevano ferocemente il grilletto?

»No, Paolo. Sono generosi, capaci di perdonare o capire. Ma vent'anni dopo, urleranno di nuovo con voce rauca per le strade, malediranno i paesi vicini e si prepareranno ad andare in guerra.

Chi è la colpa di tutto questo? " Chiedo.

"E cosa ne so! A volte ho creduto che i responsabili fossero i politici, ma li ho visti tremare e desiderare la pace, come accadde prima del 1939, quando il nostro ministro si trascinava ai piedi di Hitler.

"È lui la colpa di tutto!

"Non è possibile, Paule. Come potrebbe un uomo scatenare una tale follia? No. Hitler fallirebbe e finirebbe in un manicomio solo se quelli intorno a lui, la sua gente, riflettessero un po', solo un po'. Ma le sue parole cariche di veleno trovano un'eco nel cuore delle folle, così come è accaduto migliaia di volte, nel corso della storia.

Ed è possibile che siamo troppo creduloni e stupidi, nonostante ci vantiamo di una civiltà superiore. Ecco cosa succede, piccola. Ogni gruppo umano ha la sua menzogna, la sua grande menzogna, alla quale si aggrappa disperatamente, pienamente convinto che sia vera. Ogni generazione mette sulla scena del mondo diverse grandi menzogne: Capitalismo, Comunismo, Fascismo, Nazionalsocialismo, Liberalismo, Democrazia... Bugie gigantesche che avvelenano e portano alla guerra, all'odio, alla distruzione.

È come se ogni uomo fosse condannato alla nascita a vivere nella grande menzogna del suo secolo. Per questo, sicuramente, quando un uomo invecchia, diventa scettico e non è più possibile attirarlo nell'entusiasmo che queste bugie suscitano nella sua giovinezza.

"Per te, amore mio, la luna è stata capace di scendere e prendere un uomo audace. È stata la grande bugia della tua infanzia. Ho anche subito un'altra bugia, credendo che tutte le donne fossero come colei che mi ha crudelmente deriso.. .

"Anche la nostra è una bugia? Chiese, piena di ansia.

«No, Paule. Perché se c'è una verità universale, è l'amore. E quando due creature si amano, è quando possono affermare di essere verità rigorose ed esatte.

Horace Colton era vicino al francese che lo stava guidando, intorno a Villesud, verso la caserma tedesca. Seguirono Sam Blue e altri otto partigiani.

La città era silenziosa, con le sue strade tranquille. Una luna, nel suo ultimo quarto, era sorta poco prima della nuvolosità delle nuvole e ritagliava cose a cui dava un aspetto spettrale.

"E' lì" disse il francese.

Orazio guardò la casa e vide la sentinella, immobile, all'ingresso. Il resto della caserma era completamente al buio.

«Sei sicuro che gli altri siano andati a Vichy?

"Sì. C'è una festa lì e i nazisti sfileranno, insieme ai miliziani di Laval.

«Sam e io», disse Horace, «ci occuperemo della sentinella. Tu ci copri. Inteso?

"Sì.

"Appena avremo eliminato il tedesco, andremo dentro. Non pensi che potremmo fare dei prigionieri?

La verità è che disgustava uccidere gli indifesi.

"Bah! E cosa ci faremmo con loro?

"Potremmo averli sulla montagna, come ostaggi. Inoltre, se ci sono agenti, potrebbero fornirci rapporti per Londra.

"No" rispose l'altro seccamente. Gli ordini del compagno Marcel sono di uccidere questi maiali nazisti.

"Va bene.

Tuttavia, non capiva bene quel desiderio di morte che sembrava essere il motivo più importante nell'esistenza del gruppo partigiano. L'esercito aveva lasciato un'impronta troppo profonda nella sua mente per lasciarlo trascinare dalla violenza selvaggia dei suoi nuovi compagni.

Si avvicinò a Sam e disse a bassa voce:

"Avanti a destra. Lo farò a sinistra. Essere molto attenti. La sentinella è in una posizione piuttosto difficile per sorprenderlo.

"Essere d'accordo.

La caserma, infatti, si trovava su un lato di una specie di piazzetta, con altri edifici ad essa annessi, che rendevano impossibile attaccare da dietro l'uomo che stava rigidamente all'ingresso.

Sam fece un passo avanti, stringendo il mitra tra le mani sudate.

Improvvisamente, quando fu riuscito ad arrivare a meno di venti piedi dal tedesco, quest'ultimo lo vide, lanciandogli subito il fucile in faccia.

"Attento, Sam! Horace urlò disperato.

Normalmente, Blu avrebbe dovuto sparare prima del suo avversario, ma era davanti a lui e Sam cadde a faccia in giù, lasciando cadere il mitra. Colton poi corse come un matto, ricevendo il secondo colpo che, sebbene gli passasse solo per il braccio destro, lo fece girare come una trottola, scaraventandolo di lato come se una mano gigantesca lo colpisse su tutto il corpo.

Uno dei francesi ha lanciato una granata.

Morta la sentinella, i resistenti si precipitarono verso il cancello, penetrando nella caserma dove la battaglia si estese rapidamente. Nonostante i primi spari li avessero svegliati, i tedeschi addormentati non avevano tempo materiale per organizzare la loro difesa e furono travolti dall'impeto degli attaccanti.

In città si sono accese decine di luci.

Strisciando, poiché era stato nuovamente ferito dalle schegge della granata, lanciate alla cieca dai francesi, Horace si avvicinò al corpo immobile di Blu, rendendosi conto che era morto.

Il petto gli doleva straordinariamente, dove forse erano penetrati dei frammenti di schegge.

Alzandosi in piedi, si allontanò dalla caserma che la macchia stava bruciando.

"Sto per morire?" " si chiese.

Un'angoscia indicibile lo colse. Aveva sognato di tornare a casa e si aggrappò a quell'idea con tutte le sue forze. Era del tutto impossibile che gli accadesse qualcosa di grave, "a lui". La morte poteva giocare con gli altri, ma non riusciva a concepire che potesse succedergli qualcosa di simile.

Era appoggiato ai muri delle case.

Mentre si avvicinava alla piazza principale del paese, udì un tremendo vociare, misto a lamenti per lui incomprensibili.

Non ci volle molto per scoprirlo.

Quando giunse a un angolo, dove la strada su cui aveva camminato conduceva alla piazza, vide che era abbondantemente illuminata e rabbrividì nel vedere l'incredibile spettacolo che si svolgeva davanti ai suoi occhi increduli.

La piazza, come quasi tutte quelle di tutte le città del mondo, era alberata, avendo al centro un monumento ai caduti della prima guerra, distrutto dai tedeschi.

La voce di Cooper si levò sopra tutti, gridando qualcosa che Horace non riuscì a capire.

Undici uomini sono appesi ai rami degli alberi e alcuni resistenti, con le armi in pugno, hanno fermato l'impulso selvaggio di donne di tutte le età che urlavano come matte, cercando di farsi strada nella piazza.

Alcuni impiccati tremavano ancora in mezzo agli angosciosi spasmi della morte.

Non riuscendo più a trattenersi, Horace vomitò in un angolo, poi indietreggiò, ansioso di tornare dal sergente per dirgli che la follia selvaggia del gruppo "Marcel" non si era fermata.

"Bestie! Mormorò mentre avanzava, appoggiato ai muri freddi delle case.

L'apparizione del gruppo di assalitori dalla caserma, trascinando il corpo dell'ufficiale morto all'interno della casa, ha fatto rivivere a uomini e donne quel brivido di orrore che li aveva scossi quando avevano visto impiccarsi i loro uomini e amici.

Uno dei maquis si avvicinò al «Tordu», che rideva come un pazzo, spingendo con la punta del fucile i piedi di un impiccato.

"Orazio è scomparso" le disse.

Il gobbo si voltò verso di lui.

"Inglese?

"Sì.

Santais era accanto a Cooper.

"Ehi, compagno! Esclamò il «Tordu».

"Che cosa succede?

«Questo dice che Orazio è scomparso.

Gli occhi di Santais brillarono di rabbia.

"Mancante?

"Sì.

"Conta, stronzo!

"Blue è stato ucciso dalla porta. Fu la sentinella, che ferì anche l'altro inglese.

"E quello?

"Uscendo dalla caserma, li ho cercati entrambi, ma ho trovato solo Sam... morto.

"Che ne dite di?

«Male. Se quell'idiota ha visto della piazza, deve essere corso ad avvertire il sergente. Era molto ferito?

"Non lo so. L'uomo ha risposto.

"Dobbiamo fare qualcosa!" Metti il gobbo.

"Certo" disse Marcel. Prendi un paio di uomini e dirigiti verso la montagna. Cerca di superare quel cane inglese e quando lo vedi, gli riempi la testa di piombo.

"Va tutto bene! Ehi, voi due! Andate!

"Quando questa orribile guerra sarà finita", disse Adams, "ti porterò in Inghilterra. E una volta che avremo divorziato, ci sposeremo e andremo via...

"Sarà molto bello", ha risposto. Tu realizzi? Un luogo dove vivere senza respirare questo odio che avvelena l'aria d'Europa.

"Sì. Ci sono posti sulla Terra dove è ancora possibile sfuggire all'aria viziata di questo continente. Luoghi dove è possibile sentirsi soli, senza la presenza opprimente di una folla che striscia, striscia incessantemente, in qualcosa che credono di essere vita.

Non puoi immaginare fino a che punto sono arrivato ad odiare le grandi città. Ho sempre vissuto in loro, muovendomi come un minuscolo pezzo in una macchina gigantesca, con appena il tempo di realizzare la mia esistenza. Ora, qui, nonostante tutto, come sembrano diverse le cose!

"È come se da queste altezze dominiamo il mondo e lo vediamo lontano, strano, come se non avesse niente a che fare con noi.

Ed è quello che succede, Adams. Siamo diventati diversi, diversi e separati dagli altri.

Shaw si alzò in piedi, guardando verso la grotta.

"Penso che stiano chiamando", ha detto.

Aveva preparato la stazione per il ricevimento che veniva loro ogni sera da Londra.

Rimasto solo, Paule si stiracchiò avidamente. Gli dava un immenso piacere sentire il suo corpo, qualcosa che era arrivato a odiare sinceramente, disprezzandolo come se fosse un'orrenda maledizione che era stato costretto a indossare.

Come avrebbero potuto le mani di Adams, le sue mani morbide e potenti, aver compiuto questa meravigliosa trasmutazione?

«È come se mi fossi purificata», si diceva, commossa, come fossi uno di quegli uomini, di cui tanto ho letto, le cui mani cancellano il peccato e puliscono tutto...»

Si sentiva così profondamente rinnovata che era come una rinascita alla vita in cui il passato era andato, come qualcosa di fastidioso, per sempre.

Si accarezzò i capelli e poi le sue mani si abbassarono, contornandosi i seni per fermarsi, tremante, sul suo ventre liscio.

Chiuse gli occhi, gettando indietro la testa, respirando avidamente l'aria profumata della notte.

Non era mai stata così commossa e ora le sue mani cercavano di accarezzare la sua chimera più calda.

"Paolo!

La sagoma inclinata e sminuita di Orazio si stagliava sullo sfondo stellato. C'era qualcosa nell'uomo che sembrava aver cambiato il suo aspetto abituale. E vedendo che ondeggiava, come se fosse stato ubriaco, si precipitò verso di lui, afferrandolo forte mentre sembrava crollare.

Paule sentì il liquido caldo e appiccicoso.

"Adams! Ha urlato, spaventata.

Shaw lasciò la grotta e corse verso di loro. Prese Horace tra le braccia e lo portò all'ingresso della grotta, adagiandolo con cura sulle coperte che Paule aveva posato frettolosamente a terra.

"Orazio! Amico mio! Non preoccuparti! Ti guariremo subito...

Colton aprì gli occhi.

"È inutile, signore...

"Che assurdità stai dicendo?

"Senti... ne hanno impiccati tanti nella piazza... di Villesud. È orribile... sembrano bestie...

"Canaglia!

«Loro... mi hanno seguito... attento... signore...

"Non preoccuparti. Stiamo per guarirti... Paule!

Si avvicinò, tremante. Fu allora che una strana intuizione fece voltare la testa a Orazio nel cuore della notte.

"Attento, signore! Urlò con voce roca.

Il colpo ha sorpreso Adams, che, mosso da un riflesso, ha colpito il suolo. Poi il grido di dolore di Paule lo fece rabbrividire dalla testa ai piedi.

Si alzò, dimenticando tutto, correndo verso la ragazza che le era caduta di faccia.

"Paolo!

La fece voltare, prendendola tra le braccia. I suoi occhi erano spalancati e un po' di rosso le colava dalle labbra da un angolo.

Una specie di flash è esploso nella testa di Adams. Correndo alla grotta, accucciato, afferrò il mitra e se ne andò, proprio mentre il Tordu e gli altri due si avvicinavano, armi in pugno.

Non aveva mai premuto il grilletto con tanta rabbia.

Ha continuato a sparare, anche se i tre uomini erano distesi a terra e poi si è avvicinato a loro, prendendo a calci i cadaveri.

"Cani!" Lui gemette. L'hai uccisa!

Lasciò cadere il mitra e tornò da Paule. Poi, ricordandosi di Orazio, si avvicinò a lui, vedendo che il suo corpo si era decisamente irrigidito.

Tornò al fianco della donna.

Seduto per terra, accarezzò i capelli della morta, poi le posò le mani sul ventre.

Come potrei saperlo?

Forse le stelle, nel profondo dello spazio, conoscevano la verità: quella verità che lei aveva percepito, come se qualcosa si fosse risvegliato nel profondo di lei.

"« Tre rose »chiamando ...

Qui, 'Trafalgar Square'. Parla, «Tre Rose»...

"Sopprimere le spedizioni immediatamente. Il gruppo lavora da solo, uccidendo civili e non curandosi di nient'altro.

"Capire. È impossibile cambiare la situazione?

"Impossibile. Ho intenzione di distruggere la stazione e far saltare in aria tutte le munizioni e le armi che sono state lasciate nel campo.

«Bene, sergente Shaw. Gli siamo molto grati per quello che ha fatto. Proverai a contattarci più tardi?

"Non lo so. Adesso vado a tagliare...

"Buona fortuna!

"Grazie.

Ha picchiato la stazione con rabbia. Poi andò alla grotta dove erano le armi e le munizioni, preparando una carica di dinamite, di cui accese la miccia, poi si allontanò per sedersi accanto al corpo di Paule.

L'esplosione scosse le valli, riproducendosi in mille echi diversi.

"Cosa può essere stato? chiese Marcel.

Gli uomini stavano risalendo il pendio.

"Ho paura a pensarci", ha detto Cooper.

"Il fatto che?

"Deve aver fatto saltare tutto.

"Ehi? Credi che sia impazzito?

"Gli altri non sarebbero dovuti arrivare in tempo. E Orazio lo informò, senza dubbio.

" Cane! Non lo sai che ti faccio a pezzi?

«Non lo conosci bene, Marcel. Non avresti mai dovuto fidarti di un inglese.

"E tu?

"È diverso.

"Ma non posso credere di aver distrutto tutto! È convinto che la Germania debba essere combattuta. Che importa se giustiziamo i traditori? Non sono inglesi, dopotutto...

Cooper scrollò le spalle.

"Vedo che non capisci", disse Cooper. In realtà, è difficile da capire. Solo avendo vissuto con uomini come Adams puoi capire certe cose.

"Impiccami se ti capisco!

"Non perdere altro tempo. Dobbiamo salire per vedere se possiamo salvare qualcosa... anche se sarei sorpreso. Shaw avrà fatto le cose come al solito.

"Non sai che sto per riattaccare?

"Non pensare a lui...

"Quindi?

«È il suo modo, Marcel. È avvelenato da una serie di pregiudizi difficili da spiegare. Crede nella lotta, ma non capisce che si diffonde al punto da trascinare i civili. È l'antico retaggio dell'esercito inglese...

Ma non hai ucciso migliaia di indiani?

"È possibile. La vecchia Albion può permettersi certe cose... lontano dall'Europa. Qui, sai come fanno le cose. Non pensi che sia ridicolo per la RAF avvertire via radio in modo che i residenti di una città siano bombardato allontanarsi?

"Stupido!

"Stupido, ma molto britannico. "Giocare leale" si chiama così...

"Idioti! Se quel sergente, o quello che è, ha distrutto il nostro magazzino, gli insegnerò il nostro fair play! Avanti!

Aveva seppellito per primo Horace e ora stava finendo di scavare la fossa per Paule.

Quando spinse la pala nel mucchio di terra che aveva scavato, si avvicinò al corpo della donna, inginocchiandosi accanto a lei.

"Te l'ho già detto, mia cara" sussurrò, sentendosi bruciare gli occhi ". Era impossibile fuggire. Una grande bugia è intorno a noi e nessuno può sfuggire alle sue grinfie... Penso anche di averti mentito quando Te l'avevo detto che c'erano ancora posti dove puoi vivere isolato dal mondo.Non ce ne sono, Paule!Le bugie sono come l'atmosfera: sono ovunque.

Ed è che nessuno sembra avere il diritto di vivere, amare, sentirsi sinceramente umano. Se vuoi farlo, se ti rivolgi agli altri, cercando di mostrare loro che il tuo cuore è pulito dall'odio... sono capaci di tagliarti le mani!

Prese con cura il corpo.

Sollevandolo, avanzò lentamente verso la fossa. Poi si inginocchiò di nuovo, piegandosi fino a farsi male per adagiare il cadavere, il più dolcemente possibile, sul fondo terroso e umido della buca.

Il suo petto si squarciava al pensiero che tutto quel corpo meraviglioso sarebbe stato coperto di terra poco dopo. I ricordi degli ultimi giorni gli inondavano la mente e non riusciva più a trattenere le lacrime, che gli scendevano lungo le guance, portando un sapore amaro in bocca, come feci di bile...

Stava gettando la terra.

"Circondiamo il campo" disse Marcel. Se l'hai fatto, non possiamo lasciarti scappare.

"E Paule? chiese Cooper.

"Ti piace, vero? disse Santais.

"Sì.

"Te lo do! E tu puoi già essere felice che io non agisca con lei in altro modo, dopo aver fallito nella missione che ti ho affidato.

Gli uomini si dispersero, aprendosi in un semicerchio che gradualmente si richiuse attorno al piccolo pianoro.

Avanzando un po', Marcel urlò,

"Ehi, Adams! Siamo qui, compagno!

Mettendo la pala a terra, sentendo la voce di Marcel, Shaw sospirò profondamente. Poi andò alla grotta e raccolse un'altra mitragliatrice, poiché ce n'erano sempre due vicino alla stazione, che ora giaceva in frantumi, mostrando una complicata rete di cavi che emergeva dalla sua copertura lacerata.

"Adams! Marcel ha chiamato di nuovo.

Il britannico mise in ordine l'arma e uscì, dritto, avanzando nell'oscurità della notte, che già cominciava a impallidire ad oriente.

"Adams! Siamo qui! Non hai distrutto nulla, vero?

"Orazio ti ha mentito! Era un fascista! Vedrai le grandi cose che faremo insieme!

La luce dell'alba avanzava pigramente, macchiando di lillà i bordi del mantello notturno.

"Quando ero piccola pensavo che le stelle fossero buchi..."

"Di sicuro non hai distrutto niente! Ti ho già detto che non ho mai sbagliato con gli uomini... e tu sei un ragazzo formidabile!

È vero solo quando due si amano, tesoro. Perché così facendo non può penetrarli la menzogna, che l'amore rende impenetrabile al male...».

"Parla, Adams! Cos'era quell'esplosione che abbiamo sentito? Era Orazio! Non è vero?

«Ti prometto che l'ho dimenticato, amore mio. Non c'è più un primo di maggio nel mio cuore... lo giuro! »

"Ti stiamo guardando, Adams! Ma non gireremo... Continueremo a lavorare insieme!

Il sergente avanzò ancora un po'. Poi si è fermato.

E premette il grilletto.

FINE

147